いじめ

—希望の歌を歌おう—

武内昌美／著
五十嵐かおる／原案・イラスト

★小学館ジュニア文庫★

主《おも》な登場人物《とうじょうじんぶつ》

莉麻《りま》

明日菜《あすな》

莉麻《りま》の母《はは》

明日菜《あすな》の母《はは》

プロローグ

「うわあ……」

莉麻《りま》は思《おも》わず感動《かんどう》の声《こえ》を上《あ》げた。

そこは、色《いろ》とりどりの花《はな》があふれていた。

ここは私立《しりつ》の女子校《じょしこう》、星園聖学院《ほしぞのせいがくいん》。

今日《きょう》は、受験生《じゅけんせい》と保護者《ほごしゃ》に向《む》けた学校説明会《がっこうせつめいかい》だ。

保護者《ほごしゃ》と連《つ》れだって来《き》ている少女《しょうじょ》たちは、皆同《みなおな》じように大《おお》きなリュックサックを背《せ》負《お》っている。説明会《せつめいかい》が終《お》わってから、進学塾《しんがくじゅく》に向《む》かうためだ。

『莉麻《りま》ちゃんは、星園《ほしぞの》を狙《ねら》ってみたらどうかな』

そう言《い》ったのは、塾《じゅく》の室長先生《しっちょうせんせい》だった。星園《ほしぞの》はそんなに偏差値《へんさち》が高《たか》い方《ほう》ではないので、有名校《ゆうめいこう》ではない。現《げん》に勧《すす》められた莉麻《りま》も、室長先生《しっちょうせんせい》から言《い》われるまでその存在《そんざい》を知《し》らなかった。塾《じゅく》から帰宅《きたく》し、母《はは》と偏差値表《へんさちひょう》で調《しら》べてみたら、今《いま》の莉麻《りま》でもそう難《むずか》しくないレベルだった。正直《しょうじき》莉麻《りま》としては、『ああ、あたしやっぱり今以上《いまいじょう》に成績《せいせき》を上《あ》げるなんて無理《むり》だって、先生《せんせい》も思《おも》ってるんだ』……と落《お》ち込《こ》んだ。

しかし、そんな莉麻《りま》に母《はは》が笑《わら》った。

『学校《がっこう》は、数字《すうじ》だけじゃないよ。先生《せんせい》がどうして莉麻《りま》に合《あ》ってるって思《おも》うのか、確《たし》かめに説明会《せつめいかい》行《い》ってみようか』

「こんにちは」

たくさんの温《あたた》かく優《やさ》しい笑顔《えがお》が、莉麻達《りまたち》を迎《むか》えてくれた。

「なんか、ここの生徒《せいと》さんて、莉麻《りま》に感《かん》じが似《に》てるわ」

あいさつをくれた生徒《せいと》に会釈《えしゃく》を返《かえ》しながら、母《はは》がニコニコと言《い》った。

その言葉《ことば》に、莉麻《りま》はうなずいた。そう、莉麻《りま》もそう思《おも》っていたのだ。

入《はい》った途端《とたん》、この学校《がっこう》は莉麻《りま》を歓迎《かんげい》してくれているように感《かん》じた。ただ歩《ある》いているだけなのに、ものすごく居心地《いごこち》がいい。

「受付《うけつけ》のすんだ方《かた》は、ホールにお入《はい》り下《くだ》さい。説明会《せつめいかい》の前《まえ》に、前年度校内合唱《ぜんねんどこうないがっしょう》コンクールで優勝《ゆうしょう》したクラスの合唱発表《がっしょうはっぴょう》を行《おこな》います」

茶色《ちゃいろ》のジャケットにチェックのスカートという制服《せいふく》に身《み》を包《つつ》んだ生徒達《せいとたち》が、まっすぐに姿勢《しせい》を伸《の》ばして並《なら》ぶ。その前《まえ》に一人《ひとり》の女性《じょせい》が立《た》ち、手《て》にしていた指揮棒《タクト》を振《ふ》り下《お》ろした。

その瞬間《しゅんかん》、美《うつく》しい歌声《うたごえ》がホールに響《ひび》き渡《わた》った。

何《なに》、これ……莉麻《りま》は思《おも》わず息《いき》をのんだ。歌声《うたごえ》が莉麻《りま》の体《からだ》を包《つつ》み込《こ》む。心《こころ》の中《なか》に注《そそ》ぎ込《こ》まれ、満《み》ちて、あふれていく。

歌声《うたごえ》に、涙《なみだ》がこぼれた。

こんなにきれいな歌声《うたごえ》、聴《き》いたことない……まるでクリスタルのように輝《かがや》き、金《きん》の糸《いと》のようにきらめく。それなのに温《あたた》かく、優《やさ》しく、透明《とうめい》な温《ぬく》もりを乗《の》せて広《ひろ》がっていく。

こんな、苦《くる》しいほどの感動《かんどう》を覚《おぼ》えたのは初《はじ》めてだ。

歌《うた》が終《お》わり、指揮《しき》をしていた女性《じょせい》が客席《きゃくせき》を振《ふ》り返《かえ》る。

「すごい！」

自分《じぶん》の声《こえ》で、莉麻《りま》はハッと我《われ》に返《かえ》った。拍手《はくしゅ》に包《つつ》まれるホールの中《なか》で、手《て》が痛《いた》くなるほど拍手《はくしゅ》をしながら、独《ひと》り立《た》ち上《あ》がっている自分《じぶん》……。

恥《は》ずかしさに、顔《かお》が熱《あつ》くなる。慌《あわ》てて座《すわ》ると、隣《となり》に座《すわ》る母《はは》が柔《やわ》らかく微笑《ほほえ》んだ。

その時《とき》、指揮棒《タクト》をふっていた女性《じょせい》と目《め》が合《あ》った。

女性《じょせい》の口《くち》が動《うご》く。「ありがとう」と声《こえ》にならない言葉《ことば》で言《い》うと、ニッコリと笑顔《えがお》を見《み》せてくれた。それは、莉麻《りま》の心《こころ》に深《ふか》く染《し》みた。

これだ。この学校《がっこう》を満《み》たす、温《あたた》かく優《やさ》しい空気《くうき》。

花《はな》を美《うつく》しく咲《さ》かせる澄《す》んだ空気《くうき》。みんなが見《み》せる、穏《おだ》やかで柔《やわ》らかい笑顔《えがお》。

「ママ」

思《おも》わず声《こえ》が震《ふる》える。胸《むね》の高鳴《たかな》りが抑《おさ》えられない。それくらい、莉麻《りま》は気持《きも》ちが高《たか》ぶっていた。こんなの、初《はじ》めてだ。こんなに、こんなに……。

「……あたし、この学校《がっこう》に入《はい》りたい……！」

絶対《ぜったい》叶《かな》えたい夢《ゆめ》が、莉麻《りま》の胸《むね》に芽生《めば》えた。

一

「ああー、やっぱり可愛《かわい》いー！」

鏡《かがみ》の前《まえ》でクルクルと回《まわ》りながら、莉麻《りま》は歌《うた》うように言《い》った。

クルクル回《まわ》るごとに、チェックのスカートがふわりと舞《ま》う。

「うん、可愛《かわい》い可愛《かわい》い！　もう一回《いっかい》、回《まわ》ってー！」

ウキウキと言《い》いながら、母《はは》がムービーで莉麻《りま》を撮《と》る。それに気付《きづ》き、莉麻《りま》は赤《あか》くなって少《すこ》し膨《ふく》れてみせた。

「やだ、変《へん》なとこ撮《と》らないでよ」

「いいじゃない、おじいちゃんおばあちゃんに見《み》せないと。合格祝《ごうかくいわ》い、いっぱい貰《もら》ったでしょ？　孝行《こうこう》しなきゃ。おばあちゃんなんて、泣《な》いて喜《よろこ》んでくれたんだから」

「それより、外《そと》で写真撮《しゃしんと》ろうよ。公園《こうえん》の桜《さくら》、満開《まんかい》だよ」

スーツの上着《うわぎ》を着《き》ながら言《い》う父《ちち》に、莉麻《りま》は顔《かお》を輝《かがや》かせた。

「うん！」

嬉《うれ》しさに満《み》ちた声《こえ》で答《こた》えると、急《いそ》いで茶色《ちゃいろ》のジャケットに腕《うで》を通《とお》す。

そして、その胸元《むなもと》についた星《ほし》と百合《ゆり》の花《はな》をあしらったエンブレムに、そっと手《て》を触《ふ》れた。

星園聖学院《ほしぞのせいがくいん》の、校章《こうしょう》。

莉麻《りま》の胸《むね》に、喜《よろこ》びが広《ひろ》がる。

学校説明会《がっこうせつめいかい》から、ずっとずっと憧《あこが》れ続《つづ》けた、制服《せいふく》。

本当《ほんとう》に、着《き》られる日《ひ》が来《き》たんだ。

今日《きょう》は、星園聖学院《ほしぞのせいがくいん》の入学式《にゅうがくしき》だ。


昨年《さくねん》、学校説明会《がっこうせつめいかい》に参加《さんか》して以来《いらい》、星園聖学院《ほしぞのせいがくいん》は莉麻《りま》の目標《もくひょう》になった。

偏差値的《へんさちてき》にはいわゆる中堅校《ちゅうけんこう》といわれる、ごく普通《ふつう》のレベルだったが、もっとレベルの高《たか》い学校《がっこう》を受験《じゅけん》する受験生《じゅけんせい》にとってのいい滑《すべ》り止《ど》めになっている。

第一志望《だいいちしぼう》の莉麻《りま》にしては、滑《すべ》り止《ど》めとして受《う》ける受験生《じゅけんせい》にはじき飛《と》ばされてしまうのが一番怖《いちばんこわ》いことだ。

絶対絶対《ぜったいぜったい》、絶対落《ぜったいお》ちたくない。

莉麻《りま》は必死《ひっし》に勉強《べんきょう》した。夏休《なつやす》みは朝《あさ》から晩《ばん》まで塾《じゅく》に閉《と》じこもり、秋《あき》からは過去問《かこもん》を何十回《なんじっかい》も解《と》いた。それだけ勉強《べんきょう》しても、成績《せいせき》が上《あ》がらず、不安《ふあん》になって泣《な》いたこともある。そんな時《とき》、母《はは》がいつも肩《かた》を抱《だ》いてくれた。

「みんな頑張《がんば》ってるんだから、上《あ》がらなくても気《き》にしちゃダメだよ。下《さ》がらないのが、莉麻《りま》の頑張《がんば》ってる証拠《しょうこ》。大丈夫《だいじょうぶ》、莉麻《りま》は頑張《がんば》ってるよ。大丈夫《だいじょうぶ》！」

そして入試《にゅうし》、ネットでの合格発表《ごうかくはっぴょう》。パソコンの画面《がめん》いっぱいに出《で》た「合格《ごうかく》」の字《じ》に最初《さいしょ》に泣《な》いたのは、母《はは》だった。母《はは》と抱《だ》き合《あ》って莉麻《りま》も泣《な》いた。合格《ごうかく》のページをプリントアウトしている父《ちち》の目《め》にも、涙《なみだ》が浮《う》かんでいた。

みんなが夢見《ゆめみ》て、努力《どりょく》して、ついに手《て》に入《い》れた合格《ごうかく》だったのだ。

星園聖学院《ほしぞのせいがくいん》の校門前《こうもんまえ》は、大変《たいへん》な人《ひと》だかりになっていた。長《なが》い行列《ぎょうれつ》が、校門前《こうもんまえ》の桜並《さくらなみ》木《き》の下《した》にずっと続《つづ》いている。並《なら》んでいるのは、目《め》を輝《かがや》かせた新入生達《しんにゅうせいたち》だ。その視線《しせん》の先《さき》には、校門《こうもん》に立《た》てられた入学式《にゅうがくしき》の看板《かんばん》と一緒《いっしょ》に写真《しゃしん》を撮《と》る家族達《かぞくたち》の姿《すがた》がある。

「わあ、すごい列《れつ》」

学校《がっこう》に着《つ》いた莉麻達《りまたち》は、その列《れつ》を見《み》て目《め》を丸《まる》くした。莉麻達《りまたち》も入学式《にゅうがくしき》の看板《かんばん》の前《まえ》で写真《しゃしん》を撮《と》ろうと思《おも》って早《はや》く出《で》てきたつもりだったのだが、こんなに早《はや》くから行列《ぎょうれつ》が出《で》来《き》ているなんて。

「どうする、式《しき》の後《あと》で撮《と》る？」

手《て》にしていたカメラをしまいながら父《ちち》が言《い》うのに、莉麻《りま》は少《すこ》し考《かんが》えてから首《くび》を横《よこ》に振《ふ》った。

「ううん、並《なら》んでいい？　間《ま》に合《あ》いそうになかったら、式《しき》の後《あと》にするから」

「うん。じゃ、そうしようか」

笑顔《えがお》で母《はは》が言《い》い、三人《さんにん》は列《れつ》の最後尾《さいこうび》に並《なら》んだ。前《まえ》に並《なら》んでいる親子《おやこ》が少《すこ》し場所《ばしょ》を空《あ》けてくれたので、目《め》で会釈《えしゃく》をする。眼鏡《めがね》をかけた少女《しょうじょ》の目《め》が、柔《やわ》らかく莉麻《りま》を見《み》る。

『お互《たが》いに、入学《にゅうがく》おめでとう』

少女《しょうじょ》の目《め》がそう言《い》っている。莉麻《りま》もふっと笑顔《えがお》を見《み》せた。

『本当《ほんとう》に、おめでとう』

晴《は》れやかに心《こころ》で言《い》った。

今《いま》、この場所《ばしょ》にいることが、嬉《うれ》しくて仕方《しかた》がない。この列《れつ》に並《なら》んでいる人達《ひとたち》は、みんな星園《ほしぞの》に入《はい》ることを夢見《ゆめみ》てきた仲間《なかま》なのだ。その仲間達《なかまたち》とこうしていられることが、幸《しあわ》せでたまらない。

「どうしたの、莉麻《りま》ニコニコして」

「え、えへへ」

思《おも》わず笑《わら》っていたのか、母《はは》に言《い》われて莉麻《りま》は恥《は》ずかしくて照《て》れ笑《わら》いした。

「莉麻《りま》ったら」

つられたように母《はは》も笑《わら》う。

「お、いいね」

笑顔《えがお》の二人《ふたり》に父《ちち》がカメラを向《む》ける。

「あ、やだあ。こんなとこ撮《と》らないでよ、パパ」

そう言《い》って父《ちち》の方《ほう》を向《む》いた時《とき》、莉麻《りま》は動《うご》きを止《と》めた。

「どうしたの？」

「うん……知《し》ってる子《こ》が」

父《ちち》の肩《かた》の向《む》こうを覗《のぞ》く。皆《みな》が続々《ぞくぞく》と入学式《にゅうがくしき》の看板《かんばん》と写真《しゃしん》を撮《と》る列《れつ》に並《なら》ぶ中《なか》、チラホラとその列《れつ》を横目《よこめ》に正面玄関《しょうめんげんかん》に向《む》かう親子《おやこ》がいる。大体《だいたい》が「わ、列長《れつなが》い」「帰《かえ》りに撮《と》ろうよ」と笑顔《えがお》で話《はな》しているのだが、莉麻《りま》が見《み》かけた親子《おやこ》は違《ちが》っていた。

あれ、明日菜《あすな》ちゃんだったよね……？

その姿《すがた》を目《め》で追《お》う。入学《にゅうがく》の喜《よろこ》びをかみしめるようにゆっくりと歩《ある》く家族《かぞく》を次々《つぎつぎ》に追《お》い越《こ》し、足早《あしばや》に歩《ある》いていく二人《ふたり》。

莉麻《りま》と同《おな》じ制服《せいふく》を着《き》ている三《み》つ編《あ》みの少女《しょうじょ》は、確《たし》かに、同《おな》じ小学校《しょうがっこう》で、受験《じゅけん》の時《とき》も同《おな》じ進学塾《しんがくじゅく》に通《かよ》っていた明日菜《あすな》だ。

でも、なんでここに……？


ただ、明日菜《あすな》は、同《おな》じ塾《じゅく》といっても、莉麻《りま》のクラスよりずっとレベルが高《たか》い、難関《なんかん》クラスに在籍《ざいせき》していた。その中《なか》でも常《つね》に成績《せいせき》はトップ、第一志望校《だいいちしぼうこう》は御三家《ごさんけ》だったは

ず……そう、莉麻《りま》は思《おも》い出《だ》した。確《たし》か塾《じゅく》の夏期講習前《かきこうしゅうまえ》のオリエンテーションの日《ひ》。全《ぜん》クラス合同《ごうどう》で行《おこな》う会《かい》だったので、明日菜《あすな》と隣《となり》の席《せき》になったのだ。

『いよいよ夏期講習《かきこうしゅう》だね』

配《くば》られた夏期講習《かきこうしゅう》の分厚《ぶあつ》いテキストを読《よ》んでいた明日菜《あすな》に声《こえ》を掛《か》けると、明日菜《あすな》は莉麻《りま》の顔《かお》をチラリと見上《みあ》げ、小《ちい》さく笑《わら》った。

『莉麻《りま》ちゃんは、どこ受《う》けるの？』

『あたし？　星園《ほしぞの》。明日菜《あすな》ちゃんは？』

莉麻《りま》の問《と》いかけに、明日菜《あすな》は御三家《ごさんけ》の名前《なまえ》を答《こた》えた。そして、続《つづ》けた。

『でもあたしも、星園受《ほしぞのう》けるかも。第四志望《だいよんしぼう》に入《い》れてるから』

美《うつく》しく飾《かざ》り付《つ》けられた体育館《たいいくかん》で行《おこな》われた入学式《にゅうがくしき》はつつがなく終《お》わり、新入生達《しんにゅうせいたち》はゾロゾロと自分達《じぶんたち》の教室《きょうしつ》へと移動《いどう》した。

莉麻《りま》のクラスは、一年一組《いちねんいちくみ》だ。校舎《こうしゃ》の一番端《いちばんはし》にある教室《きょうしつ》に、足《あし》を踏《ふ》み入《い》れる。莉麻《りま》は、胸《むね》がいっぱいになるのを感《かん》じた。受験生《じゅけんせい》の時《とき》、説明会《せつめいかい》や文化祭《ぶんかさい》に何度《なんど》も通《かよ》い、ずっと憧《あこが》れていたこの学校《がっこう》、この教室《きょうしつ》が、これからは自分《じぶん》の居場所《いばしょ》になるのだ。

「よろしく」

自分《じぶん》の名前《なまえ》が貼《は》られた机《つくえ》にカバンを置《お》くと、隣《となり》の席《せき》に先《さき》に着《つ》いていた少女《しょうじょ》がはにかみながら笑顔《えがお》を見《み》せた。莉麻《りま》も同《おな》じように笑顔《えがお》を見《み》せ、「よろしく」と言《い》った。

ドキドキする。でも、この緊張感《きんちょうかん》は怖《こわ》くない。だってこの隣《となり》の子《こ》も、教室《きょうしつ》に思《おも》い思《おも》いに座《すわ》っている他《ほか》の子達《こたち》も、みんなどこか似《に》た雰囲気《ふんいき》をまとっている。穏《おだ》やかで柔《やわ》らかい……そう、星園聖学院《ほしぞのせいがくいん》そのものの、雰囲気《ふんいき》。

きっと、みんなと仲良《なかよ》くなれる。

ワクワクしながら教室《きょうしつ》を見回《みまわ》す。後《うし》ろの方《ほう》に目《め》をやった時《とき》、莉麻《りま》はハッとした。

「あ」

「はい、皆《みな》さん席《せき》に着《つ》いて下《くだ》さい」

不意《ふい》に聞《き》こえた声《こえ》に、ガタガタと教室《きょうしつ》の空気《くうき》が動《うご》く。それが落《お》ち着《つ》くのを見届《みとど》けて、教壇《きょうだん》に立《た》った女性《じょせい》が笑顔《えがお》を見《み》せた。

あれ、この先生《せんせい》、見覚《みおぼ》えが……。

「皆《みな》さん、入学《にゅうがく》おめでとうございます。星園聖学院《ほしぞのせいがくいん》にようこそ。私《わたし》は皆《みな》さんの担任《たんにん》の、瀬山《せやま》です。教科《きょうか》は、音楽《おんがく》です」

音楽《おんがく》……。莉麻《りま》の頭《あたま》に学校説明会《がっこうせつめいかい》の時《とき》聴《き》いた歌声《うたごえ》がよみがえった。

「合唱《がっしょう》の……！」

思《おも》わず莉麻《りま》が声《こえ》を上《あ》げると、瀬山先生《せやませんせい》は莉麻《りま》の方《ほう》を見《み》て、ニッコリと答《こた》えた。

「ええ。あなたは、説明会《せつめいかい》に来《き》てくれていた子《こ》よね。覚《おぼ》えてます。もちろん、他《ほか》のみんなも説明会《せつめいかい》や文化祭《ぶんかさい》に来《き》てくれていましたね。みんな、覚《おぼ》えていますよ。星園《ほしぞの》を好《す》きになって、入学《にゅうがく》してくれてありがとう。みんなにまたこうして会《あ》えることを、待《ま》っていました」

瀬山先生《せやませんせい》の言葉《ことば》に、莉麻《りま》は嬉《うれ》しさで胸《むね》がいっぱいになった。そんな中《なか》、瀬山先生《せやませんせい》は続《つづ》けた。

「全《まった》く別々《べつべつ》の場所《ばしょ》にいて、別々《べつべつ》の道《みち》を歩《ある》いてきた皆《みな》さんが、星園《ほしぞの》を見《み》つけ、ここに集《つど》ってくれました。それぞれ顔《かお》や身長《しんちょう》が違《ちが》うように、考《かんが》え方《かた》も感《かん》じ方《かた》も違《ちが》います。星園《ほしぞの》が好《す》きという気持《きも》ちは一緒《いっしょ》でも、気《き》が合《あ》わなかったり、どうしても好《す》きになれない人《ひと》が出《で》てきたりします。そして思《おも》いがけず傷《きず》つけ合《あ》ったりすることもあるでしょう」

教室《きょうしつ》が静《しず》まり返《かえ》る。今《いま》、瀬山先生《せやませんせい》が言《い》ったことは小学校《しょうがっこう》でもあったことだ。でも小《しょう》学校《がっこう》では、こう言《い》われた。みんな仲良《なかよ》くしなさい。クラス一丸《いちがん》になって、どんなことも乗《の》り越《こ》えなさい。しかし、瀬山先生《せやませんせい》の言葉《ことば》は違《ちが》っていた。

「それは、当《あ》たり前《まえ》のことです。そういうのは、どうしても我慢出来《がまんでき》ない感情《かんじょう》です。でも、だからそれを相手《あいて》にぶつけていいかといったら、それは違《ちが》う。もしも何《なに》かあったら、すぐに私《わたし》や、他《ほか》の先生《せんせい》でもいい。打《う》ち明《あ》けて下《くだ》さい。絶対《ぜったい》、独《ひと》りで苦《くる》しまないで下《くだ》さいね。星園《ほしぞの》に入《はい》ったからには、あなた方《がた》を素敵《すてき》な大人《おとな》にすることが、私達《わたしたち》の仕《し》事《ごと》ですから」

そう言《い》って、瀬山先生《せやませんせい》はニッコリと笑《わら》った。その笑顔《えがお》は、莉麻《りま》の心《こころ》を大《おお》きく揺《ゆ》さぶった。他《ほか》のクラスメート達《たち》もそうだったのだろう。胸《むね》がいっぱいになって、涙《なみだ》ぐんでいる生徒《せいと》もいた。

星園《ほしぞの》は、やっぱり温《あたた》かい。そして、優《やさ》しい。

ここに入《はい》って、本当《ほんとう》に良《よ》かった……。そう思《おも》ったのは、きっと莉麻《りま》だけではない。

クラスみんなが、同《おな》じ思《おも》いになっただろう。

しかしそんな中《なか》、一点《いってん》だけ動《うご》かない人物《じんぶつ》が、莉麻《りま》の視界《しかい》の隅《すみ》に入《はい》った。

一番後《いちばんうし》ろの席《せき》。周《まわ》りの明《あか》るく楽《たの》しそうなざわめきをシャットアウトしたように、頬杖《ほおづえ》をついて窓《まど》の外《そと》をじっと見《み》ている独《ひと》り。

……明日菜《あすな》ちゃん。

莉麻《りま》の知《し》っている明日菜《あすな》は、学校《がっこう》でも塾《じゅく》でも中心《ちゅうしん》にいて、いつでも自信《じしん》に満《み》ちあふれていた。いつでもみんなの上《うえ》に立《た》って、笑《わら》っていた。

今《いま》の明日菜《あすな》は何《なに》も言《い》わず、ただ色《いろ》のない瞳《ひとみ》で窓《まど》から見《み》える空《そら》を見《み》ているだけだった。


「ああ、疲《つか》れた」

入学式《にゅうがくしき》の日《ひ》。

星園《ほしぞの》から帰宅《きたく》した明日菜《あすな》の母《はは》は、バラバラにパンプスを脱《ぬ》ぎ散《ち》らかして家《いえ》に入《はい》った。

「入学式《にゅうがくしき》、お父《とう》さん来《き》てなかったの、うちだけだったね」

母《はは》について家《いえ》に上《あ》がりながら明日菜《あすな》が言《い》うと、母《はは》は荒々《あらあら》しいため息《いき》をついて吐《は》き捨《す》てるように言《い》った。

「何《なに》言《い》ってんの。あんな学校《がっこう》の入学式《にゅうがくしき》に出《で》るために、休《やす》み下《くだ》さいなんてパパに言《い》わせられないでしょう。恥《は》ずかしい」

明日菜《あすな》が唇《くちびる》をかむ。母《はは》は学校《がっこう》で渡《わた》された書類《しょるい》の入《はい》った封筒《ふうとう》をダイニングテーブルの上《うえ》に放《ほう》り、続《つづ》けた。

「これが第一志望《だいいちしぼう》の入学式《にゅうがくしき》ならね。パパだって胸張《むねは》って会社休《かいしゃやす》めたわよ。ママだって、取《と》って置《お》きの留袖《とめそで》着《き》ていくつもりだったし。本当《ほんとう》、がっかりだわ。全《すべ》てにおいて」

「……ごめんなさい」

「ごめんなさいなんて言《い》う前《まえ》に、なんでもっと頑張《がんば》れなかったの」

母《はは》の冷《つめ》たい目《め》が明日菜《あすな》を見《み》つめる。明日菜《あすな》は思《おも》わずうつむいた。

あの日《ひ》と、同《おな》じ。

あの日《ひ》……二月二日《にがつふつか》。第一志望校《だいいちしぼうこう》の、合格発表《ごうかくはっぴょう》の日《ひ》。

冷《つめ》たい鈍色《にびいろ》の雲《くも》の垂《た》れこめた、寒《さむ》い朝《あさ》だった。

学校《がっこう》の正面玄関前《しょうめんげんかんまえ》の掲示板《けいじばん》。何百人《なんびゃくにん》もの受験生達《じゅけんせいたち》が息《いき》を潜《ひそ》めて見守《みまも》る中《なか》、学校《がっこう》の職《しょく》員《いん》がゆっくりと貼《は》りだした合格者発表《ごうかくしゃはっぴょう》。

絶対大丈夫《ぜったいだいじょうぶ》、と、塾《じゅく》の先生《せんせい》は言《い》った。

公開模試《こうかいもし》の度《たび》に出《で》る偏差値《へんさち》は、いつも合格率《ごうかくりつ》80パーセント以上《いじょう》だった。

周《まわ》りは緊張感《きんちょうかん》で張《は》りつめている。緊張《きんちょう》のあまり、泣《な》きそうになっている子《こ》までいる。

そんな中《なか》、明日菜《あすな》と母《はは》は、ゆったりと職員《しょくいん》の動《うご》きを眺《なが》めていた。

明日菜《あすな》が合格出来《ごうかくでき》ない要素《ようそ》など、一《ひと》つもない。

合格証《ごうかくしょう》をもらって入学手続《にゅうがくてつづ》きをすませたら、塾《じゅく》に報告《ほうこく》に行《い》って、今《いま》まで頑張《がんば》ったご褒美《ほうび》にスマホを買《か》いにいこう、それから父《ちち》と待《ま》ち合《あ》わせて、いつものビストロで食事《しょくじ》をしようね……周《まわ》りの緊張感《きんちょうかん》とは無関係《むかんけい》に余裕《よゆう》の笑顔《えがお》でそんな話《はなし》をしながら、掲示板《けいじばん》に自分《じぶん》の受験番号《じゅけんばんごう》を探《さが》した。

すぐに、笑顔《えがお》は消《き》えた。

ない。

明日菜《あすな》の受験番号《じゅけんばんごう》が。

「27……どこ、27……！」

母《はは》は震《ふる》える声《こえ》で呟《つぶや》きながら、掲示板《けいじばん》の端《はし》から端《はし》まで見《み》て回《まわ》った。でも、ない。25、29と続《つづ》いている。間《あいだ》の26、27、28が抜《ぬ》けている。

27。明日菜《あすな》の番号《ばんごう》が、抜《ぬ》けている。

……なんで……？

呆然《ぼうぜん》と掲示板《けいじばん》を見上《みあ》げる。自分《じぶん》の番号《ばんごう》がない掲示板《けいじばん》。信《しん》じられない。

「あった、やったー！」

「ママ、ママ！　あった！　あったよ！」

「おめでとう、よく頑張《がんば》った！」

周《まわ》りが歓喜《かんき》に包《つつ》まれていく中《なか》、全《すべ》ての動《うご》きを忘《わす》れたように明日菜《あすな》が立《た》ち尽《つ》くす。その体《からだ》を、母《はは》がグイと引《ひ》っ張《ぱ》った。

「……行《い》くわよ」

明日菜《あすな》に心《こころ》を戻《もど》したのは、その時《とき》の母《はは》の目《め》だった。

氷《こおり》のように、冷《つめ》たい目《め》。

受験《じゅけん》の間《あいだ》、母《はは》はいつも応援《おうえん》してくれた。遅《おそ》くまで塾《じゅく》で勉強《べんきょう》する日《ひ》は温《あたた》かいお弁当《べんとう》を作《つく》って塾《じゅく》まで持《も》ってきてくれ、夜中《よなか》の一時《いちじ》二時《にじ》まで勉強《べんきょう》する時《とき》は一緒《いっしょ》に起《お》きて夜食《やしょく》を作《つく》ってくれた。いつもいつも、優《やさ》しい瞳《ひとみ》で、明日菜《あすな》を見守《みまも》ってくれていた。

そんな母《はは》の目《め》から、温《ぬく》もりがなくなっていた。

「……早《はや》く帰《かえ》って、勉強《べんきょう》よ。明日《あした》は第二志望《だいにしぼう》の受験《じゅけん》でしょ」

痛《いた》いほど強《つよ》く明日菜《あすな》の手《て》をつかみながら、母《はは》は硬《かた》く強張《こわば》った声《こえ》で言《い》った。

「第二志望《だいにしぼう》は、絶対落《ぜったいお》とさないで。絶対受《ぜったいう》かるのよ。絶対《ぜったい》」

明日菜《あすな》を引《ひ》っ張《ぱ》りながら、母《はは》は合格《ごうかく》を喜《よろこ》ぶ家族《かぞく》を押《お》しのけて進《すす》んでいく。明《あき》らかにわざとぶつかっていくのだが、合格《ごうかく》した家族《かぞく》は喜《よろこ》びでそんなことに気《き》が付《つ》かず、よろけながら塾《じゅく》か親戚《しんせき》に報告《ほうこく》の電話《でんわ》をしている。感極《かんきわ》まった涙《なみだ》を流《なが》しながら。

本当《ほんとう》は、明日菜達《あすなたち》もこうしていたのに。いや、当然《とうぜん》の合格《ごうかく》だから、泣《な》いたりはしない。高《たか》ぶることなく塾《じゅく》に電話《でんわ》し、喜《よろこ》ぶ先生《せんせい》に「ありがとうございました」と穏《おだ》やかに言《い》うはずだったのに。

どうして。あんなに勉強《べんきょう》したのに。誰《だれ》よりも賢《かしこ》い私《わたし》が、誰《だれ》よりも勉強《べんきょう》したのに。絶《ぜっ》対絶対絶対合格《たいぜったいぜったいごうかく》するはずだったのに。

明日菜《あすな》の眼《め》から涙《なみだ》があふれてきた。「ひっ」と嗚咽《おえつ》がこみ上《あ》げる。そんな明日菜《あすな》に、母《はは》が厳《きび》しい声《こえ》をぶつけた。

「なんであんたが泣《な》くの。泣《な》きたいのは、こっちよ」

母《はは》の声《こえ》が震《ふる》えている。

「あんなに必死《ひっし》にサポートしたのに。何《なに》やってんのよ。中学受験《ちゅうがくじゅけん》に向《む》けてきた今《いま》までの三年間《さんねんかん》、何《なに》してきたのよ。ここに受《う》かるために勉強《べんきょう》してきたんでしょ。あんた受験《じゅけん》中《ちゅう》、何《なに》してたのよ。絶対《ぜったい》受《う》かるはずだったんじゃないの？　何《なに》これ？　最低《さいてい》、最悪《さいあく》じゃない！」

「……ごめんなさい……」

「謝《あやま》ったって仕方《しかた》ないでしょ!?　合格《ごうかく》しなきゃ、なんにも意味《いみ》ないのよ！　それをあんたが、全部《ぜんぶ》めちゃめちゃにしたのよ！」

ごめんなさい、と口《くち》から出《で》そうになるのを、明日菜《あすな》は抑《おさ》え込《こ》んだ。謝《あやま》ってもダメなのだ。もう、どうしようもないことを、どうしても取《と》り返《かえ》しのつかない最悪《さいあく》な失敗《しっぱい》を、自分《じぶん》はしでかしてしまったのだ。どうしたらいいか分《わ》からず、明日菜《あすな》はただ唇《くちびる》をかみしめた。

「第二志望《だいにしぼう》は、何《なに》がなんでも受《う》かるのよ」

低《ひく》い声《こえ》で母《はは》は言《い》った。

「第二志望《だいにしぼう》といっても、この学校《がっこう》と偏差値《へんさち》は3くらいしか違《ちが》わない難関校《なんかんこう》だから、まだ体裁《ていさい》は整《ととの》うわ。いい？　絶対《ぜったい》、明日《あした》の学校《がっこう》は合格《ごうかく》するのよ。分《わ》かった？」

追《お》い詰《つ》める母《はは》に、明日菜《あすな》は何度《なんど》もうなずいた。

明日《あした》の学校《がっこう》は、何《なに》がなんでも受《う》からなくてはならない。

第一志望校《だいいちしぼうこう》で合格《ごうかく》を取《と》るつもりでいたので、対策《たいさく》を立《た》てていなかった。でも、なんとかしなくては。

絶対《ぜったい》、絶対合格《ぜったいごうかく》しなくては。

でも、ダメだった。

第二志望校《だいにしぼうこう》にも、第三志望校《だいさんしぼうこう》にも、合格発表《ごうかくはっぴょう》に明日菜《あすな》の受験番号《じゅけんばんごう》は貼《は》り出《だ》されなかった。

結局合格発表《けっきょくごうかくはっぴょう》で明日菜《あすな》の受験番号《じゅけんばんごう》を見《み》せてくれたのは、星園聖学院《ほしぞのせいがくいん》……第四志望《だいよんしぼう》で、本当《ほんとう》は受《う》けるつもりもなかった学校《がっこう》だけだった。

明日菜《あすな》はノロノロと制服《せいふく》のジャケットを脱《ぬ》ぎ、ソファにポンと投《な》げ掛《か》けた。

「……ダサい制服《せいふく》」

明日菜《あすな》を見《み》ながら、いまいましそうに母《はは》が言《い》った。

「ブレザーにチェックのスカート？ どっかのアイドルのステージ衣装意識《いしょういしき》してんのかしら。いかにも偏差値《へんさち》の低《ひく》い子《こ》が喜《よろこ》びそうな軽薄《けいはく》なデザインじゃない。ああ、本当《ほんとう》なら、百二十年《ひゃくにじゅうねん》の伝統《でんとう》を誇《ほこ》るセーラー服《ふく》を着《き》るはずだったのに」

母《はは》に言《い》われ、明日菜《あすな》はうなだれた。明日菜《あすな》も、着《き》るつもりでいたのだ。胸《むね》にペンと薔薇《ばら》をあしらった校章《こうしょう》の付《つ》いた、紺色《こんいろ》のセーラー服《ふく》。厳《きび》しい受験勉強《じゅけんべんきょう》で煮《に》つまった時《とき》、いつも自分《じぶん》がそのセーラー服《ふく》を着《き》ている姿《すがた》をイメージし、気分転換《きぶんてんかん》に胸元《むなもと》のスカーフを結《むす》ぶ練習《れんしゅう》をしたりしていたのだ。

やっぱり、悔《くや》しい……明日菜《あすな》はギュッと唇《くちびる》をかみしめた。

「明日菜《あすな》。その気持《きも》ちを、絶対忘《ぜったいわす》れるんじゃないわよ」

低《ひく》い声《こえ》で、母《はは》が言《い》った。

「こんな学校《がっこう》に進《すす》むことになったのは、あんたが受験《じゅけん》に失敗《しっぱい》した象徴《しょうちょう》よ。こんな学校《がっこう》にしか通《かよ》うことが出来《でき》なかったことの屈辱《くつじょく》を、絶対忘《ぜったいわす》れてはいけない。分《わ》かった？」

母《はは》の言葉《ことば》に、明日菜《あすな》はうなずく。そんな明日菜《あすな》を見《み》る母《はは》の目《め》は相変《あいか》わらず冷《つめ》たいままだった。

「大学受験《だいがくじゅけん》で、絶対雪辱《ぜったいせつじょく》を果《は》たすのよ。これから六年間《ろくねんかん》、そのことに全《すべ》てを懸《か》けなさい。こんな学校《がっこう》の勉強《べんきょう》なんてたかが知《し》れてるんだから、塾《じゅく》の勉強《べんきょう》をしっかりしなさい。それ以外《いがい》、余計《よけい》なことは一切《いっさい》するんじゃないわよ」

「はい」

「分《わ》かってると思《おも》うけど、テストでは常《つね》にトップを取《と》らないとみっともないわよ。こんなレベルの学校《がっこう》にしか受《う》からない子《こ》に負《ま》けるなんて、あり得《え》ないから。これ以上失《いじょうしっ》望《ぼう》させないでよ」

「……はい」

うなずく明日菜《あすな》をチラリと見《み》て、母《はは》は背中《せなか》を向《む》けた。そうしてソファに掛《か》けられた制服《せいふく》のジャケットを勢《いきお》いよく払《はら》いのけた。

「ああ、こんな悪趣味《あくしゅみ》な制服《せいふく》をこれから毎日見《まいにちみ》なきゃならないなんて、本当《ほんとう》に嫌《いや》だわ。毎日毎日《まいにちまいにち》、受験《じゅけん》の失敗《しっぱい》を思《おも》い知《し》らされるのよ。うんざり。吐《は》き気《け》がする」

母《はは》は吐《は》き捨《す》てるようにそう言《い》うと、リビングを出《で》て階段《かいだん》を昇《のぼ》っていった。間《ま》もなく部屋《へや》のドアを強《つよ》く閉《し》める大《おお》きな音《おと》が響《ひび》いた。母《はは》はベッドに倒《たお》れ込《こ》み、そのまま少《すく》なくとも二時間《にじかん》は部屋《へや》から出《で》てこない。明日菜《あすな》の受験《じゅけん》が、星園以外全落《ほしぞのいがいぜんお》ちしたことが分《わ》かってから、毎日《まいにち》のように繰《く》り返《かえ》されている。

明日菜《あすな》の受験《じゅけん》の失敗《しっぱい》は、明日菜本人以上《あすなほんにんいじょう》に、母《はは》を傷《きず》つけていた。

明日菜《あすな》は制服《せいふく》を戻《もど》し、ソファに浅《あさ》く腰《こし》かけた。

頑張《がんば》った。小学三年生《しょうがくさんねんせい》の終《お》わりから、第一志望校合格《だいいちしぼうこうごうかく》だけを目指《めざ》して、ずっと気《き》を緩《ゆる》めることなく、勉強《べんきょう》し続《つづ》けたのだ。ずっとずっと、中学受験《ちゅうがくじゅけん》という長距離走《ちょうきょりそう》を、全速力《ぜんそくりょく》で走《はし》り続《つづ》けてきた。入試《にゅうし》には、死力《しりょく》を振《ふ》り絞《しぼ》って臨《のぞ》んだのだ。

その結果《けっか》が、これだ。

合格《ごうかく》がゴールだと思《おも》っていた。合格《ごうかく》さえすれば、走《はし》ることをやめ、ゆっくり休《やす》めるのだと思《おも》っていた。

なのに、まだ走《はし》り続《つづ》けなくてはならない。

今度《こんど》は六年間《ろくねんかん》。受験《じゅけん》が終《お》わり、みんなそれぞれのゴールでゆっくり休《やす》んでいる中《なか》、明日菜《あすな》だけまだまだ走《はし》らなくてはならない。

まだまだ、戦《たたか》わなくてはならない。

明日菜《あすな》はボンヤリと窓《まど》の外《そと》に目《め》を向《む》けた。木立《こだち》の間《あいだ》に、青《あお》い空《そら》が見《み》える。

空《そら》って書《か》いて、カラって読《よ》む。空《から》っぽの、カラ。

明日菜《あすな》はノロノロと立《た》ち上《あ》がり、制服《せいふく》を手《て》にした。それを引《ひ》きずるように持《も》ち、自《じ》分《ぶん》も着替《きが》えに自室《じしつ》のある二階《にかい》へと階段《かいだん》を昇《のぼ》っていった。

「え、明日菜《あすな》ちゃんって、あのいつもトップだった？」

莉麻達《りまたち》が入学式《にゅうがくしき》から帰宅《きたく》したのは、午後一時《ごごいちじ》を回《まわ》った頃《ころ》だった。入学式《にゅうがくしき》のために半《はん》休《きゅう》を取《と》った父《ちち》は星園《ほしぞの》から直接会社《ちょくせつかいしゃ》に向《む》かい、莉麻《りま》と母《はは》は帰宅途中《きたくとちゅう》にコンビニで買《か》ったサンドイッチを少《すこ》し遅《おそ》い昼食《ちゅうしょく》としてとることにした。ダイニングのテーブルでサンドイッチをお皿《さら》に移《うつ》しながら、母《はは》が莉麻《りま》の話《はなし》を訊《き》き返《かえ》した。莉麻《りま》は驚《おどろ》いて目《め》を見開《みひら》いた母《はは》に、麦茶《むぎちゃ》を注《つ》ぎながらうなずいた。

「うん。びっくりしちゃった。受《う》けるかも、とは聞《き》いてたけど、まさか明日菜《あすな》ちゃんが星園《ほしぞの》に来《く》るとは思《おも》わなかったから」

「そうかあ……」

ため息《いき》をつくようにそう言《い》うと、母《はは》はふと視線《しせん》を落《お》とした。

「それは……きっと、辛《つら》かっただろうね。塾《じゅく》でも、最難関校《さいなんかんこう》受《う》けるって噂《うわさ》だったもの。それなのに、星園《ほしぞの》なんて……あ、ごめん」

母《はは》が莉麻《りま》に慌《あわ》てて謝《あやま》る。莉麻《りま》の憧《あこが》れ校《こう》をおとしめた言《い》い方《かた》になったと思《おも》ったのだが、莉麻《りま》は唇《くちびる》をキュッと結《むす》んで、首《くび》を横《よこ》に振《ふ》った。

「ううん。それは、あたしも思《おも》ったから。あたしにとっては最高《さいこう》の学校《がっこう》でも、明日菜《あすな》ちゃんにとってそうであるはずがない。絶対《ぜったい》、悔《くや》しいと思《おも》う」

「そうだよね」

そう言《い》うと、母《はは》はテーブルの真《ま》ん中《なか》にサンドイッチを盛《も》りつけた大皿《おおざら》を置《お》いた。莉《り》麻《ま》がそれぞれの席《せき》に麦茶《むぎちゃ》を入《い》れたグラスを置《お》く。二人《ふたり》で食事《しょくじ》の準備《じゅんび》を進《すす》めながらも、考《かんが》えていることは明日菜《あすな》のことだ。

「……あたし、合格発表《ごうかくはっぴょう》の前《まえ》、すごく苦《くる》しかった。もし落《お》ちてたらどうしようって」

莉麻《りま》がポツリと言《い》った。母《はは》がその言葉《ことば》にうなずく。

今《いま》でもまざまざと思《おも》い出《だ》すことが出来《でき》る。入試《にゅうし》が行《おこな》われた日《ひ》の夜十時《よるじゅうじ》に、星園《ほしぞの》のホームページで合格発表《ごうかくはっぴょう》が掲載《けいさい》される。いつもは心地《ここち》よいベッドの中《なか》が、真《ま》っ暗《くら》な洞窟《どうくつ》のように感《かん》じられた。冷《つめ》たい不安《ふあん》に包《つつ》まれたあの夜《よる》。まともに呼吸《こきゅう》が出来《でき》ず、なのに心臓《しんぞう》だけは飛《と》び出《だ》しそうなほどドキドキと高鳴《たかな》っていた。もし落《お》ちていたらどうしよう……逃《に》げ出《だ》したくなるほどの恐怖《きょうふ》。両手《りょうて》をギュウッと握《にぎ》り合《あ》わせて、何度《なんど》も何度《なんど》も祈《いの》った。神様《かみさま》、合格《ごうかく》させて下《くだ》さい。お願《ねが》いします、合格《ごうかく》させて下《くだ》さい。神様《かみさま》、神様《かみさま》、神様《かみさま》……！

「でも、明日菜《あすな》ちゃんは、その苦《くる》しくて辛《つら》い不安《ふあん》が、本当《ほんとう》になっちゃったんだよね。これって」

莉麻《りま》は視線《しせん》をグラスに落《お》とした。

「すっごく、辛《つら》いよね」

「……うん。きっと、私達《わたしたち》が想像《そうぞう》する以上《いじょう》にね」

「あたしだったら、学校《がっこう》行《い》くのも嫌《いや》かも」

「それでも、行《い》かなきゃね」

「好《す》きに、なれるかな。本当《ほんとう》なら行《い》くつもりもなかった学校《がっこう》」

自分《じぶん》だったら、どうだろう。分《わ》からない。莉麻《りま》は母《はは》の方《ほう》を見《み》た。母《はは》は穏《おだ》やかな目《め》で莉麻《りま》を見《み》つめ返《かえ》し、少《すこ》し笑《わら》って言《い》った。

「そうだね。楽《たの》しいことがあったら、好《す》きになれるんじゃないかな」

「あ、そうか！」

明日菜《あすな》の暗《くら》い気持《きも》ちを想像《そうぞう》することで莉麻《りま》の心《こころ》にも薄暗《うすぐら》く掛《か》かっていた雲《くも》が、母《はは》の言葉《ことば》で一気《いっき》に吹《ふ》き飛《と》んだ。晴《は》れやかな日差《ひざ》しが心《こころ》に満《み》ちる。

「そうだね、楽《たの》しいことが沢山《たくさん》あれば」

「行《い》きたくなるよね、楽《たの》しいところには」

母《はは》の笑顔《えがお》に、莉麻《りま》も笑顔《えがお》で返《かえ》した。
「あたし、明日菜《あすな》ちゃんと友達《ともだち》になる！」
そう言《い》って、莉麻《りま》は「あー、お腹空《なかす》いた！」と、サンドイッチを食《た》べ始《はじ》めた。
明日菜《あすな》に、星園《ほしぞの》を好《す》きになってほしい。
莉麻《りま》は心《こころ》からそう思《おも》った。
だって、星園《ほしぞの》は莉麻《りま》の大好《だいす》きな学校《がっこう》だから。
莉麻《りま》はサンドイッチを頬張《ほおば》りながら、窓《まど》の外《そと》を見《み》た。
マンションの三階《さんがい》から見《み》える空《そら》は、電線《でんせん》に遮《さえぎ》られながらも、青《あお》く広《ひろ》がっている。
晴《は》れ渡《わた》った空《そら》は、莉麻《りま》の心《こころ》に明《あか》るい予感《よかん》を見《み》せてくれるようだった。

二

「おはよう！」

莉麻《りま》が教室《きょうしつ》に入《はい》ると、すでに来《き》ていた数人《すうにん》が笑顔《えがお》を向《む》けた。

「おはよう、莉麻《りま》」

「今朝《けさ》、目玉焼《めだまや》き食《た》べたでしょ？」

「え、なんで分《わ》かったの？」

「口《くち》の横《よこ》、付《つ》いてるよー。卵《たまご》の黄身《きみ》」

「え、ヤダー」

莉麻《りま》が慌《あわ》てて口《くち》を拭《ふ》くのに、クラスメートの一人《ひとり》が笑《わら》いながら鏡《かがみ》を見《み》せてくれた。

「ほら、これ使《つか》って」

違《ちが》う一人《ひとり》がウェットティッシュをくれる。

「莉麻《りま》ったら、慌《あわ》てんぼさんだねー」

「昨日《きのう》は寝《ね》ぐせすごかったし」

てへへ、と笑《わら》う莉麻《りま》に、みんなも柔《やわ》らかい笑顔《えがお》を見《み》せた。

入学《にゅうがく》して、一週間経《いっしゅうかんた》った。

小学校《しょうがっこう》だったら男子《だんし》から「きったねえな、何《なに》くっつけてんだよ」「だっせえ」と、キツイ突《つ》っ込《こ》みが入《はい》ることでも、星園《ほしぞの》に入《はい》ってからは莉麻《りま》のこういうところを、みんな笑《わら》い話《ばなし》にして優《やさ》しくフォローしてくれる。初《はじ》めて星園《ほしぞの》に来《き》た時《とき》のイメージが、入学《にゅうがく》した後《あと》もちゃんとそのままなのだ。

きれいに使《つか》われてきた机《つくえ》と椅子《いす》が整然《せいぜん》と並《なら》ぶ教室《きょうしつ》は、柔《やわ》らかな朝《あさ》の日差《ひざ》しが差《さ》し込《こ》んでくる。そこに次々《つぎつぎ》と、小《ちい》さく微笑《ほほえ》みながらクラスメート達《たち》が「おはよう」と登校《とうこう》してくる。莉麻《りま》もみんなと同《おな》じように、柔《やわ》らかく微笑《ほほえ》みながら「おはよう」と答《こた》える。

もうずっと前《まえ》からここにいるような感《かん》じがする。クラスのみんなとも、ずっと前《まえ》からの友達《ともだち》のように自然《しぜん》にいられる。すごく、居心地《いごこち》がいい。

ここに来《き》て、本当《ほんとう》に良《よ》かった。

莉麻《りま》は満《み》ち足《た》りた心《こころ》で、そう思《おも》った。その時《とき》、

「おはよう」

一人《ひとり》のクラスメートが教室《きょうしつ》に入《はい》ってきた子《こ》に声《こえ》を掛《か》けた。しかし彼女《かのじょ》は、その声《こえ》が聞《き》こえなかったのか、無言《むごん》で下《した》を向《む》いたまま自分《じぶん》の席《せき》にまっすぐ向《む》かった。そしてそのまま席《せき》に着《つ》き、無言《むごん》のまま本《ほん》を開《ひら》いて読《よ》み始《はじ》めた。

明日菜《あすな》だ。

その姿《すがた》に、莉麻《りま》はズキンと胸《むね》が痛《いた》むのを感《かん》じた。

友達《ともだち》になろう、そう思《おも》いながらこの一週間《いっしゅうかん》、ずっと声《こえ》を掛《か》けられずにいた。

教室《きょうしつ》にいる明日菜《あすな》は、まるで結界《けっかい》でも張《は》っているかのように、他《た》を寄《よ》せ付《つ》けない空《くう》気《き》を出《だ》しているのだ。身動《みうご》き一《ひと》つするわけではない。でも明日菜《あすな》がまとうそんな空気《くうき》は、近《ちか》づいてくる人間《にんげん》を威嚇《いかく》する。牙《きば》をむき、獰猛《どうもう》な唸《うな》り声《ごえ》を上《あ》げるかのように。

明日菜《あすな》ちゃん、変《か》わった……。莉麻《りま》の頭《あたま》に、小学校時代《しょうがっこうじだい》の明日菜《あすな》がよみがえる。

いつも中心《ちゅうしん》にいて、みんなのリーダーだった明日菜《あすな》。頭《あたま》が良《よ》くて統率力《とうそつりょく》もあるので、子《こ》どもまつりも運動会《うんどうかい》も、実行委員長《じっこういいんちょう》に選《えら》ばれていた。すごい明日菜《あすな》ちゃんだった。

そして、みんなの明日菜《あすな》ちゃんだった。それなのに。

こんなにも変《か》わってしまうほどの深《ふか》い傷《きず》を、明日菜《あすな》は負《お》っている。そうやすやすと癒《い》えるはずないのは、分《わ》かっている。

でも、何《なに》かきっかけが作《つく》れないかな。

明日菜《あすな》の傷《きず》を治《なお》せるなんて、そんな考《かんが》えは思《おも》い上《あ》がりだと思《おも》う。でも、だから、何《なに》か少《すこ》しだけ。そう、傷《きず》に貼《は》るばんそうこうを渡《わた》す、そんな程度《ていど》のことでいいから、出《で》来《き》ないかな。

「ねえねえ、莉麻《りま》ちゃん」

隣《となり》の席《せき》のクラスメート、隅田佐子《すみださこ》が、後《うし》ろをずっと見《み》ている莉麻《りま》の袖《そで》を引《ひ》っ張《ぱ》った。

「あ、なあに？」

「トイレ、行《い》かない？」

「うん」

佐子《さこ》と一緒《いっしょ》に立《た》ち上《あ》がる。その時《とき》、同《おな》じタイミングで明日菜《あすな》も立《た》ち上《あ》がるのが見《み》えた。莉麻《りま》の中《なか》で、ハッとひらめいた。

チャンスだ、これはきっと。

莉麻《りま》はドキドキする胸《むね》を押《お》さえながら佐子《さこ》の手《て》をつなぎ、明日菜《あすな》の方《ほう》に足《あし》を向《む》けた。

「明日菜《あすな》ちゃん」

莉麻《りま》の声《こえ》に、明日菜《あすな》が振《ふ》り向《む》く。その賢《かしこ》そうな目《め》も、ほっそりした頬《ほお》も、小学校《しょうがっこう》の頃《ころ》から変《か》わっていない。ホッとするのと一緒《いっしょ》に、莉麻《りま》の心《こころ》も小学校《しょうがっこう》の頃《ころ》に戻《もど》る。あの頃《ころ》と同《おな》じ感覚《かんかく》で、莉麻《りま》は明日菜《あすな》にニコッと笑《わら》った。

「ねえ、トイレ?」

「ああ、うん」

「一緒《いっしょ》に行《い》こ」

莉麻《りま》がそう言《い》うと、隣《となり》の佐子《さこ》が目《め》を見開《みひら》いた。

「あれ、二人《ふたり》、知《し》ってるの?」

「うん。小学校《しょうがっこう》と塾《じゅく》が一緒《いっしょ》だったんだ」

「そうなんだ? いいな〜。あたしなんて、小学校《しょうがっこう》からも塾《じゅく》からも、一人《ひとり》だよ」

「何《なに》なに、なんの話《はなし》?」

連《つ》れ立《だ》って歩《ある》く莉麻達《りまたち》に、数人《すうにん》のクラスメート達《たち》が寄《よ》ってくる。

「小学校《しょうがっこう》？　あたし、遠《とお》いよ。隣《となり》の県《けん》。だから朝六時《あさろくじ》には家《いえ》出《で》るよ」

「マジで？」

「うちの学校《がっこう》で中学受験《ちゅうがくじゅけん》したの、あたしだけ。クラスの男子《だんし》でマジ嫌《きら》いな奴《やつ》がいて、絶対同《ぜったいおな》じ中学《ちゅうがく》行《い》きたくなくて」

「うちの学校《がっこう》は半分《はんぶん》以上受験《いじょうじゅけん》したよー。でも星園《ほしぞの》来《き》たの、あたしだけ」

「あたし、実《じつ》は第一志望《だいいちしぼう》落《お》ちたんだよね。で、星園《ほしぞの》」

笑《わら》いながら、ケロリと佐子《さこ》が言《い》った。え、と思《おも》わずみんなで声《こえ》を上《あ》げる。そんな友達《ともだち》の顔《かお》を見《み》て、佐子《さこ》は穏《おだ》やかに微笑《ほほえ》んだ。

「あー良《よ》かった、言《い》えて。すっきりしたー」

莉麻《りま》は明日菜《あすな》を見《み》た。明日菜《あすな》は目《め》を見開《みひら》いて佐子《さこ》を見《み》ている。どうして、と思《おも》っている。どうしてそんなにさっぱりと、過去《かこ》の傷《きず》をみんなに見《み》せられるの、と。莉麻《りま》は佐子《さこ》に訊《き》いた。明日菜《あすな》の代《か》わりに。

「……もう、平気《へいき》なの？」

「何《なに》が？」

「あの……落《お》ちたこと。第一志望《だいいちしぼう》」

「えー、平気《へいき》も何《なに》も。もうここに来《く》るしかなかったし。落《お》ちた時《とき》は、すごく辛《つら》かったけどね。でも入学式《にゅうがくしき》に来《き》て、気持《きも》ちがガラッと変《か》わった。入試《にゅうし》の時《とき》は全然気《ぜんぜんき》が付《つ》かなかったけど、すごくきれいなんだよね。校舎《こうしゃ》も、空気《くうき》も、人《ひと》の雰囲気《ふんいき》も。星園《ほしぞの》は」

「あ、分《わ》かる！　あたしもそれで、星園第一志望《ほしぞのだいいちしぼう》にしたの」

「あたしも！」

「でしょ？　みんなそうだと思《おも》ったから、あたしも早《はや》く過去《かこ》を忘《わす》れて、星園生《ほしぞのせい》になりたかったのさ。ホントは星園《ほしぞの》が第一志望《だいいちしぼう》じゃなかったってみんなに知《し》ってもらわないと、なんか嘘《うそ》ついてるみたいで居心地《いごこち》がずっと悪《わる》かったんだよね」

「きっと、今《いま》は、みんなより星園《ほしぞの》が好《す》きだよー！」

そう言《い》うと佐子《さこ》は両手《りょうて》をグッと突《つ》き上《あ》げて、「星園《ほしぞの》、サイコー！」と叫《さけ》んだ。

「佐子《さこ》ちゃーん！」

「星園《ほしぞの》サイコー！　佐子《さこ》ちゃんもサイコー！」

トイレの前《まえ》で、みんなで万歳三唱《ばんざいさんしょう》のように両手《りょうて》を突《つ》き上《あ》げる。笑《わら》いながら、何《なに》かに勝利《しょうり》したように嬉《うれ》しそうに。みんなと一緒《いっしょ》に両手《りょうて》を上《あ》げながら、莉麻《りま》は明日菜《あすな》を見《み》た。

トイレはすぐそこだ。行《い》こうと思《おも》えば、みんなに背《せ》を向《む》けて行《い》かれる距離《きょり》だ。

でも、明日菜《あすな》はみんなと一緒《いっしょ》にいる。

両手《りょうて》を上《あ》げこそしていないけれど、明日菜《あすな》の目《め》は、先《さき》ほどまでと少《すこ》し違《ちが》っているように見《み》える。あの他人《たにん》を威嚇《いかく》するような、警戒《けいかい》の色《いろ》がない。

小学校《しょうがっこう》の頃《ころ》と同《おな》じ目《め》だ。

莉麻《りま》はドキドキした。明日菜《あすな》の心《こころ》にも、きっとみんなの気持《きも》ちが届《とど》いている。この、星園《ほしぞの》が大好《だいす》き、みんなここで、楽《たの》しく中学校生活《ちゅうがっこうせいかつ》を送《おく》ろうっていう、気持《きも》ち。

「そうだ、今日《きょう》のお昼《ひる》、中庭《なかにわ》で食《た》べない？　花壇《かだん》に囲《かこ》まれた噴水《ふんすい》のとこ、すごい気持《きも》ちよさそうだから」

「うん、そうしよう！」

みんなで盛《も》り上《あ》がる。それに乗《じょう》じて、莉麻《りま》は明日菜《あすな》の手《て》を取《と》って笑顔《えがお》を見《み》せた。

「明日菜《あすな》ちゃんも、一緒《いっしょ》！　ね!?」

「え」

驚《おどろ》いた明日菜《あすな》が目《め》を丸《まる》くする。そんな明日菜《あすな》に、みんなが口々《くちぐち》に声《こえ》を掛《か》ける。

「うん、一緒《いっしょ》に食《た》べよ！」

「それにあたし、ずっと気《き》になってたんだよね。大久保《おおくぼ》さん、いつも本読《ほんよ》んでるでしょ？　何読《なによ》んでるの？　あたしも本好《ほんず》きだから、教《おし》えてほしくて。ちなみにあたし、歴女《れきじょ》でね」

佐子《さこ》が有名《ゆうめい》な歴史小説家《れきししょうせつか》の名前《なまえ》を出《だ》すと、明日菜《あすな》も目《め》を輝《かがや》かせた。

「あ、あたしもその人好《ひとず》き。今《いま》も、その人《ひと》の本読《ほんよ》んでるの」

「マジで？　やった、仲間《なかま》がいた！　嬉《うれ》しい！」

佐子《さこ》が嬉《うれ》しそうに声《こえ》を上《あ》げたのと同時《どうじ》に、チャイムが鳴《な》り響《ひび》いた。朝《あさ》のホームルームが始《はじ》まる前《まえ》の予鈴《よれい》だ。

「いっけない、早《はや》くトイレ行《い》かなきゃ！」

みんなでバタバタと廊下《ろうか》を走《はし》り出《だ》す。莉麻《りま》は明日菜《あすな》と手《て》をつないだままだ。莉麻《りま》が明日菜《あすな》を見《み》ると、目《め》が合《あ》った。明日菜《あすな》の目《め》が、はにかむように微笑《ほほえ》んでいる。

莉麻《りま》の心《こころ》が、ポウッと温《あたた》かくなった。嬉《うれ》しい。明日菜《あすな》の笑顔《えがお》が、とても。

「明日菜《あすな》ちゃん……」

中学校《ちゅうがっこう》でも、よろしくね。そう言《い》おうとした時《とき》、明日菜《あすな》の表情《ひょうじょう》が変《か》わった。

「あ、危《あぶ》ない！」

明日菜《あすな》の声《こえ》と共《とも》に、莉麻《りま》はバンッと廊下《ろうか》の柱《はしら》に激突《げきとつ》した。

「やだ、大丈夫《だいじょうぶ》？　莉麻《りま》ちゃん」

「ちゃんと前見《まえみ》なよー」

口々《くちぐち》に言《い》いながらみんなが戻《もど》ってきてくれる。

強打《きょうだ》した鼻《はな》を押《お》さえながら、莉麻《りま》は「大丈夫《だいじょうぶ》、大丈夫《だいじょうぶ》」と笑《わら》って言《い》った。

痛《いた》いけど、嬉《うれ》しい気持《きも》ちの方《ほう》が上《うえ》だ。

絶対《ぜったい》、素敵《すてき》な学校生活《がっこうせいかつ》になる。莉麻《りま》にとっても、明日菜《あすな》にとっても。

また改《あらた》めて莉麻《りま》の中《なか》に、大《おお》きな楽《たの》しみが泉《いずみ》のように湧《わ》き上《あ》がってきた。


五月《ごがつ》に入《はい》り、学校生活《がっこうせいかつ》に慣《な》れた頃《ころ》、勉強《べんきょう》もいよいよ本格的《ほんかくてき》に中学生《ちゅうがくせい》らしい内容《ないよう》になってきた。つまり、難《むずか》しくなってきた。

「昨日《きのう》やった小《しょう》テストを返《かえ》します」

そう言《い》って、英語《えいご》の授業《じゅぎょう》の冒頭《ぼうとう》で、教科担任《きょうかたんにん》の林田先生《はやしだせんせい》が名前《なまえ》を呼《よ》びながら英単語《えいたんご》の小《しょう》テストを返却《へんきゃく》していく。返《かえ》されたテスト用紙《ようし》を見《み》ながら、みんなはヒソヒソと笑《わら》ったり眉《まゆ》をしかめたりしている。そんな中《なか》、莉麻《りま》は鼻《はな》の穴《あな》を膨《ふく》らませ緊張《きんちょう》していた。

今回《こんかい》のテストは、自信《じしん》があるのだ。なんといっても、範囲《はんい》の単語《たんご》を母《はは》に読《よ》み上《あ》げてもらって、単語《たんご》を書《か》き間違《まちが》えなくなるまで猛勉強《もうべんきょう》して挑《いど》んだのだから。

「石川《いしかわ》さん」

名前《なまえ》を呼《よ》ばれ、莉麻《りま》がワクワクしながら小《しょう》テストを受《う》け取《と》りに林田先生《はやしだせんせい》の元《もと》へ行《い》く。

『頑張《がんば》ったわね』と林田先生《はやしだせんせい》が笑顔《えがお》で言《い》ってくれると思《おも》ったのだが、意外《いがい》にも林田先《はやしだせん》生《せい》は少《すこ》し残念《ざんねん》そうな目《め》をして莉麻《りま》に小《しょう》テストを手渡《てわた》した。

「ちゃんと見直《みなお》してね」

あれ？

林田先生《はやしだせんせい》の言葉《ことば》の意味《いみ》がすぐに分《わ》からず小《しょう》テストを見《み》ると、莉麻《りま》はがくぜんとした。

解答欄《かいとうらん》は、全部《ぜんぶ》バツで埋《う》められていた。

答《こた》えを書《か》く欄《らん》が、一《ひと》つずつズレていたのだ。

「莉麻《りま》っぽいー！」

お弁当《べんとう》を囲《かこ》むみんなが、莉麻《りま》の話《はなし》に爆笑《ばくしょう》する。

「笑《わら》いごとじゃないよ、もう。おかげで再《さい》テストなんだよ」

おにぎりを頬張《ほおば》りながら大笑《おおわら》いのみんなに抗議《こうぎ》をすると、そのはずみで中《なか》の焼《や》きタラコが転《ころ》がり落《お》ちた。「あああ」と慌《あわ》てる姿《すがた》に、またみんなが笑《わら》う。

「なんか莉麻《りま》って、本当《ほんとう》に面白《おもしろ》い」

「癒《い》やされるわ～」

ほのぼのと言《い》うのは、以前一緒《いぜんいっしょ》にトイレに行《い》ったメンバーの佐子《さこ》、汐里《しおり》、美菜《みな》、花梨《かりん》、水穂《みずほ》、そして明日菜《あすな》……あれ以来《いらい》、すっかり仲良《なかよ》しのグループになっていた。

「お母《かあ》さんにはなんて言《い》うの？　せっかく勉強《べんきょう》に付《つ》き合《あ》ってくれたのに、0点《てん》取《と》っちゃったなんて」

明日菜《あすな》の心配《しんぱい》そうな目《め》に、タラコを拾《ひろ》いながら莉麻《りま》は困《こま》り笑《わら》いの顔《かお》を見《み》せた。

「ねえ、なんて言《い》おう。また爆笑《ばくしょう》されちゃう」

「爆笑《ばくしょう》？」

「そう。みんなみたいにねー。『やっぱり莉麻《りま》、やらかしてくれたわー』とか言《い》って。パパどころかおじいちゃんおばあちゃんにまで電話《でんわ》で笑《わら》い話《ばなし》として語《かた》ってくれちゃうから、ホント迷惑《めいわく》。ママがあんまりにも面白《おもしろ》おかしく話《はな》すもんだから、おじいちゃんもおばあちゃんも、久々《ひさびさ》に会《あ》った時《とき》にあたしの顔《かお》見《み》た途端《とたん》大笑《おおわら》いするんだもん」

「『大《おお》きくなったなあ』の前《まえ》に大爆笑《だいばくしょう》」

「そう。再会《さいかい》の感動《かんどう》なんて、一《ひと》つもない。ママのせいで」

「いいわー！　莉麻《りま》のママは、そうじゃなくちゃ！」

「何《なに》それー！」

莉麻《りま》を囲《かこ》んで、みんなが笑《わら》いに包《つつ》まれる。

一緒《いっしょ》に笑《わら》いながら、明日菜《あすな》は胸《むね》の奥底《おくそこ》に、ゴツリと硬《かた》い物《もの》が転《ころ》がり落《お》ちるのを感《かん》じた。

想像《そうぞう》する。もし、自分《じぶん》の母《はは》だったら。

明日菜《あすな》の母《はは》だったら、まず絶対笑顔《ぜったいえがお》が浮《う》かぶことはあり得《え》ない。

ただでさえ、合格発表《ごうかくはっぴょう》から五月《ごがつ》になる今《いま》まで、母《はは》の笑顔《えがお》は見《み》たことがないのだ。

テストはどんなものでも満点《まんてん》を取《と》り続《つづ》けているのに。

母《はは》が明日菜《あすな》に見《み》せるのは、ただ冷《つめ》たい眼差《まなざ》しだけ。

「あ、そうだ。来週《らいしゅう》から部活《ぶかつ》の仮入部期間《かりにゅうぶきかん》に入《はい》るじゃない？」

佐子《さこ》の明《あか》るい声《こえ》が、明日菜《あすな》の頭《あたま》に浮《う》かんだ母《はは》の闇《やみ》のような瞳《ひとみ》を打《う》ち消《け》した。

「クッキング部《ぶ》の体験《たいけん》で、白玉作《しらたまづく》り出来《でき》るんだって！　予約制《よやくせい》だから、みんなで予約《よやく》しない？」

「いいね、しようしよう！」

「あたし、白玉大好《しらたまだいす》き！」

ワッと盛《も》り上《あ》がる。

「でさ、本命《ほんめい》の部活《ぶかつ》、どこ？」

「あたし、バレー部入《ぶはい》りたいんだよね」

「あたしはダンス部《ぶ》」

「あれ、ずっとバイオリン習《なら》ってたんだよね？　オケ部《ぶ》じゃないの？」

「部活《ぶかつ》でまで弾《ひ》きたくないわ〜。中学入《ちゅうがくはい》ったら、新《あたら》しいこと始《はじ》めたかったんだよね」

「あたしも！　あたし、演劇部《えんげきぶ》に入《はい》ろっかな〜。新入生歓迎会《しんにゅうせいかんげいかい》での公演《こうえん》、すっごくカッコいい先輩《せんぱい》いたし！」

「あ〜、いたいた〜!!」

思《おも》い出《だ》した明日菜《あすな》が乗《の》り、みんなでキャ〜ッと笑《わら》い合《あ》う。

「明日菜《あすな》は？　何《なに》に入《はい》るつもり？」

汐里《しおり》が話《はなし》を振《ふ》る。部活《ぶかつ》など、明日菜《あすな》は全《まった》く考《かんが》えていなかった。第一志望《だいいちしぼう》に落《お》ちてからは、大学受験《だいがくじゅけん》に向《む》けて勉強《べんきょう》以外《いがい》は全《すべ》て排除《はいじょ》すると母《はは》と約束《やくそく》しているから。

でも、

「明日菜《あすな》も、演劇部入《えんげきぶはい》ろ〜！　独《ひと》りじゃ恥《は》ずかしい〜！」

カッコいい先輩《せんぱい》の話《はなし》を出《だ》した花梨《かりん》が明日菜《あすな》に腕《うで》を絡《から》ませ甘《あま》えてくる。ふわりと体《からだ》が軽《かる》くなった感《かん》じがする。きっと、楽《たの》しいに違《ちが》いない。カッコいい先輩《せんぱい》のいる部活《ぶかつ》。明《あか》るくて、ワクワクして、キラキラ輝《かがや》くような毎日《まいにち》になる。きっと。

明日菜《あすな》はそれでも「どうしよっかな〜」と花梨《かりん》にもたれかかる。

「あたし、あたしも演劇部《えんげきぶ》にしようかな！」

二人《ふたり》の間《あいだ》に入《はい》るように莉麻《りま》が前《まえ》のめりになる。その拍子《ひょうし》に、置《お》いてあった水筒《すいとう》が倒《たお》れた。

「きゃ〜！　ごめーん！」

「やらかしてくれるわ、やっぱり莉麻《りま》は！」

晴《は》れ渡《わた》る五月《ごがつ》の空《そら》に、少女達《しょうじょたち》の笑《わら》い声《ごえ》が響《ひび》く。明《あか》るく透明《とうめい》な空《そら》は、そのままみんなの未来《みらい》のようだ。


「ただいま」

明日菜《あすな》がそっと家《いえ》のドアを開《あ》ける。シンと静《しず》まり返《かえ》り、ひんやりとした薄闇《うすやみ》に包《つつ》まれた家《いえ》の中《なか》は、明《あか》るい外《そと》とは対照的《たいしょうてき》だ。明日菜《あすな》は音《おと》を立《た》てないようにドアを閉《し》め、ローファーを脱《ぬ》いだ。

リビングに入《はい》る。そこは、小学生《しょうがくせい》の頃《ころ》は明日菜《あすな》の勉強机《べんきょうづくえ》や受験《じゅけん》に向《む》けての大量《たいりょう》の教《きょう》材《ざい》、壁《かべ》一面《いちめん》に貼《は》られた色《いろ》とりどりの日本地図《にほんちず》や歴史年表《れきしねんぴょう》でごった返《がえ》していた。だが、今《いま》はそれらは、星園《ほしぞの》の合格発表《ごうかくはっぴょう》の直後《ちょくご》に、母《はは》が全《すべ》て廃棄《はいき》した。

大声《おおごえ》で泣《な》きながら、全《すべ》てをビリビリに破《やぶ》り捨《す》てたのだ。

がらんとしたリビングのソファに腰《こし》かけ、明日菜《あすな》は小《ちい》さくため息《いき》をついた。その時《とき》、

「帰《かえ》ってたの」

低《ひく》くかすれた母《はは》の声《こえ》に顔《かお》を上《あ》げる。リビングの戸口《とぐち》に立《た》つ母《はは》は、まだパジャマのまだった。受験《じゅけん》の後《あと》、母《はは》は寝込《ねこ》むことが増《ふ》えた。受験中《じゅけんちゅう》、ずっと無理《むり》して気《き》を張《は》ってきたものが、今《いま》になってぷつんと切《き》れたのだろう、と、父《ちち》は言《い》っている。実《じっ》は学校《がっこう》に持《も》っていくお弁当《べんとう》も、父《ちち》が会社帰《かいしゃがえ》りに買《か》ってきたスーパーの総菜《そうざい》を、お弁当箱《べんとうばこ》に詰《つ》め直《なお》しているだけなのだ。母《はは》は星園《ほしぞの》に入学《にゅうがく》することに決《き》まった後《あと》から、全《すべ》てを放棄《ほうき》したようだった。

「ただいま」

「五時《ごじ》から塾《じゅく》でしょ。それまでちゃんと勉強《べんきょう》しなさいよ」

母《はは》はそう言《い》うと、冷蔵庫《れいぞうこ》を開《あ》けミネラルウォーターを取《と》り出《だ》し、コップに注《そそ》いだ。

明日菜《あすな》はそんな母《はは》を見《み》ながら、息《いき》を飲《の》んだ。

言《い》わなくては。

今《いま》、中高一貫校向《ちゅうこういっかんこうむ》けの大学進学塾《だいがくしんがくじゅく》と英会話《えいかいわ》の塾《じゅく》に通《かよ》っている。毎日《まいにち》だ。それを、明日《あした》は休《やす》みたい。明日《あした》は、クッキング部《ぶ》の白玉作《しらたまづく》り体験《たいけん》があるのだ。黙《だま》ってサボることも考《かんが》えたが、そんなことをしたら必《かなら》ず塾《じゅく》から連絡《れんらく》がある。サボったことがバレた方《ほう》が、絶対母《ぜったいはは》の怒《いか》りが大《おお》きくなる。それなら、塾《じゅく》を休《やす》むことを打《う》ち明《あ》けて、先《さき》に怒《おこ》られておいた方《ほう》がマシだ。

「あのね、お母《かあ》さん」

ドキドキと高鳴《たかな》る胸《むね》を押《お》さえながら、明日菜《あすな》は母《はは》に話《はな》しかけた。

「何《なに》」

「あのね……明日《あした》、塾休《じゅくやす》みたいんだけど。いい？」

「塾《じゅく》を休《やす》む？」

「うん。明日《あした》ね、部活体験《ぶかつたいけん》で、クッキング部《ぶ》のね、白玉作《しらたまつく》るの。それで、今日友達《きょうともだち》と予約《よやく》してきたから、明日《あした》……」

「はあ⁉」

明日菜《あすな》はびくりと体《からだ》をすくませた。母《はは》の声《こえ》が、目《め》が、母《はは》を包《つつ》む空気《くうき》が、強《つよ》い閃光《せんこう》のような怒《いか》りに包《つつ》まれたのだ。母《はは》が憎《にく》しみすら帯《お》びた目《め》で明日菜《あすな》をにらみつける。

「あんた、何言《なにい》ってんの？　白玉《しらたま》？　部活《ぶかつ》？　なんの話《はなし》？」

「あの……だから、体験《たいけん》で……」

「ああ嫌《いや》だ！　あんたがこうなるのが、一番怖《いちばんこわ》かったのに！」

母《はは》は怒鳴《どな》るようにそう言《い》うと、手《て》にしていたコップをキッチンの流《なが》しに叩《たた》きつけた。

バンッという音《おと》と共《とも》に、コップが砕《くだ》け散《ち》る。明日菜《あすな》は息《いき》をのんだ。そのコップは、昔《むかし》家族三人《かぞくさんにん》で沖縄《おきなわ》に行《い》った時《とき》、お揃《そろ》いで買《か》ったコップだった。しかし母《はは》はそんなことを忘《わす》れてしまったのか、割《わ》れたコップなど見向《みむ》きもせず、明日菜《あすな》に怒鳴《どな》り続《つづ》けた。

「あんた、今何言《いまなにい》ってるか分《わ》かってんの？　クッキング？　白玉《しらたま》？　あんた第一志望《だいいちしぼう》の学校《がっこう》に受《う》かったら、部活《ぶかつ》は化学部《かがくぶ》に入《はい》りたいって言《い》ってたのよ？　化学《かがく》が好《す》きだから、国際化学《こくさいかがく》オリンピック目指《めざ》して、金《きん》メダル取《と》って東大《とうだい》の推薦狙《すいせんねら》おうかなんて言《い》ってたのよ？　それがなんなのよ！　早速下《さっそくくだ》らないクラスメートに感化《かんか》されて！」

「……ごめんなさい……」

「謝《あやま》るなって、言《い》ったでしょ⁉　謝《あやま》ったところであんたは気《き》がすむかもしれないけど、何《なに》も変《か》わらないの！　あんたが全落《ぜんお》ちしたことも、星園《ほしぞの》なんて下《くだ》らない学校《がっこう》にしか通《かよ》えないって現実《げんじつ》も！　この下《くだ》らない現実《げんじつ》を変《か》えられるのは、あんたがこれから六年間《ろくねんかん》死《し》ぬ気《き》で頑張《がんば》って、大学入試《だいがくにゅうし》で雪辱《せつじょく》を果《は》たすことだけだって、あれだけ言《い》ってきたのに！　なんなのよ⁉　あんたはもうすっかり忘《わす》れ去《さ》ったわけ⁉　ママはまだこんなに悔《くや》しくて苦《くる》しいのに、当《とう》のあんたはもう忘《わす》れて、偏差値《へんさち》の低《ひく》いクラスメートと軽薄《けいはく》なことにへらへら笑《わら》って、底辺《ていへん》の生活《せいかつ》に甘《あま》んじてるわけ⁉」

明日菜《あすな》の耳《みみ》に、母《はは》の言葉《ことば》は入《はい》ってこない。今《いま》の明日菜《あすな》の頭《あたま》にあるのは、沖縄《おきなわ》で家族《かぞく》揃《そろ》いのコップを買《か》おうと、色々選《いろいろえら》んでいる時《とき》の母《はは》の笑顔《えがお》だ。

『ママ、オレンジ好《す》きだから、これにしよっと』

オレンジの水玉《みずたま》のコップを手《て》に、嬉《うれ》しそうに笑《わら》う母《はは》。明日菜《あすな》は色違《いろちが》いの黄色《きいろ》にし、父《ちち》は水色《みずいろ》にしたのだ。楽《たの》しく幸《しあわ》せだった。その記憶《きおく》は、母《はは》の怒《いか》りで砕《くだ》け散《ち》らせた。

そこまで母《はは》を怒《おこ》らせたのは、自分《じぶん》だ。自分《じぶん》が母《はは》の望《のぞ》む通《とお》りに出来《でき》ないから、こんなに怒《おこ》らせてしまった。自分《じぶん》が母《はは》を不幸《ふこう》にしているのだ。

　こんなにも。

「あの悔《くや》しさを忘《わす》れるなんて、許《ゆる》されると思《おも》ってるの？　あんたが全落《ぜんお》ちしたことに価値《かち》を付《つ》けるとしたら、それは大学入試《だいがくにゅうし》で成功《せいこう》することでしか付《つ》けられないのよ。それが分《わ》かってれば、塾《じゅく》を休《やす》む……ううん、星園《ほしぞの》の子《こ》なんかとつるむことなんて、する気《き》にもならないと思《おも》うんだけど！」

「……うん」

　明日菜《あすな》はうなずいた。それをいまいましそうに見《み》て、母《はは》は大《おお》きなため息《いき》をついた。

「本当《ほんとう》に、どこで間違《まちが》えたんだろう。こんなバカな子《こ》に育《そだ》ってるなんて、夢《ゆめ》にも思《おも》わなかった。どこで失敗《しっぱい》したんだろう、私《わたし》の子育《こそだ》て」

　吐《は》き捨《す》てるように言《い》うと、母《はは》は明日菜《あすな》に背中《せなか》を向《む》けてリビングを出《で》て行《い》った。

　母《はは》のいなくなった後《あと》、明日菜《あすな》は割《わ》れたコップの欠片《かけら》を拾《ひろ》い始《はじ》めた。

「あ」

　割《わ》れた部分《ぶぶん》が親指《おやゆび》に触《ふ》れ、血《ち》が滲《にじ》む。血《ち》の後《あと》を追《お》うようにして痛《いた》みが出《で》てくる。それに呼《よ》ばれるように、今《いま》までピクリとも動《うご》かなかった心《こころ》が、大《おお》きなひきつけを起《お》こす。

ビクリ、と動《うご》き、ズン、と突《つ》かれたような痛《いた》みが走《はし》る。

明日菜《あすな》の目《め》から、涙《なみだ》があふれた。

あたしは、ダメな子《こ》なんだ。

第一志望《だいいちしぼう》の最難関校《さいなんかんこう》に落《お》ちたせいで、母《はは》までも子育《こそだ》てに失敗《しっぱい》した敗者《はいしゃ》においとしめてしまった。自分《じぶん》のせいで、母《はは》の幸福《こうふく》も奪《うば》ってしまった。自分《じぶん》は、本当《ほんとう》にダメな娘《むすめ》だ。

明日菜《あすな》は、何度《なんど》も傷口《きずぐち》をコップの破片《はへん》で突《つ》いた。血《ち》が破片《はへん》を伝《つた》い、下《した》に滴《したた》り落《お》ちる。

苦《くる》しい。苦《くる》しくて苦《くる》しくて、たまらない。

痛《いた》みが助《たす》けてくれないか。この苦《くる》しみを、痛《いた》みが忘《わす》れさせてくれないか。

何度《なんど》も、何度《なんど》も何度《なんど》も、破片《はへん》で傷《きず》つけ続《つづ》けた。血《ち》も涙《なみだ》もあふれ続《つづ》けたが、苦《くる》しみはいつまでも癒《い》えることがなかった。


「明日菜《あすな》ちゃんと同《おな》じ部活《ぶかつ》？」

ダイニングテーブルで夕食用《ゆうしょくよう》の餃子《ぎょうざ》を包《つつ》みながら、母《はは》が尋《たず》ねた。莉麻《りま》もそれを手伝《てつだ》って皮《かわ》にタネをのせながら、嬉《うれ》しそうにうなずいた。

「うん！　演劇部《えんげきぶ》でね！　ホントはカッコいい先輩《せんぱい》がいるからって花梨《かりん》が誘《さそ》ってたんだけど、あたしも、って言《い》って」

「演劇部《えんげきぶ》のカッコいい先輩《せんぱい》ね、いいじゃない。宝塚《たからづか》みたい」

「ね、ララララ〜」

莉麻《りま》がタカラジェンヌの真似《まね》をして両手《りょうて》を広《ひろ》げて歌《うた》を歌《うた》う真似《まね》をする。その拍子《ひょうし》に餃子《ぎょうざ》のタネの入《はい》ったボウルをひっくり返《かえ》しそうになる。

「危《あぶ》ない、危《あぶ》ない！」

「あ、ごめんなさい！」

「いいよ〜。莉麻《りま》の学校《がっこう》が楽《たの》しそうで、本当《ほんとう》に良《よ》かった」

ボウルを押《お》さえながらニッコリと微笑《ほほえ》んだ母《はは》に、莉麻《りま》も嬉《うれ》しそうに笑顔《えがお》を返《かえ》した。

「うん！　ホント、星園《ほしぞの》に入《はい》れて良《よ》かった！」

「ホントだね。ホントに、良《よ》かった。勉強《べんきょう》より、それが一番《いちばん》だよ。莉麻《りま》の年頃《としごろ》は」

二人《ふたり》で微笑《ほほえ》みながら、餃子《ぎょうざ》を作《つく》っていく。

幸《しあわ》せだ、と、莉麻《りま》は改《あらた》めて思《おも》った。毎日毎日《まいにちまいにち》が、夢《ゆめ》のように充実《じゅうじつ》している。

明日菜《あすな》ちゃんも、そう感《かん》じているといいな。

本当《ほんとう》に過《す》ごしたかった生活《せいかつ》ではないだろうけど、だからこそ、今《いま》のこの生活《せいかつ》のことを楽《たの》しいとか、嬉《うれ》しいとか、そういうふうに思《おも》ってくれているといいな。

今日《きょう》の明日菜《あすな》の笑顔《えがお》を思《おも》い出《だ》す。

これからずっと、一緒《いっしょ》に笑《わら》っていたい。

明日菜《あすな》ちゃんと、みんなと。

ずっと一緒《いっしょ》に、笑《わら》っていたい。

三

「残念《ざんねん》だったねー、明日菜《あすなこ》来られなくて」

「せっかく予約《よやく》したのにね、白玉《しらたま》」

放課後《ほうかご》、クッキング部《ぶ》の白玉《しらたま》作《づく》り体験《たいけん》は満員御礼《まんいんおんれい》だった。調理室《ちょうりしつ》は沢山《たくさん》の生徒達《せいとたち》でにぎわっていて、みんなキャアキャアと楽《たの》しそうに白玉粉《しらたまこ》をこねたり蜜《みつ》を作《つく》ったりしている。莉麻達《りまたち》もその中《なか》で白玉《しらたま》を作《つく》っているが、一緒《いっしょ》に予約《よやく》した明日菜《あすな》だけがいない。

「楽《たの》しみにしてたのに」

莉麻《りま》が残念《ざんねん》そうに言《い》うと、佐子《さこ》が寂《さび》しそうな笑顔《えがお》を見《み》せた。

「仕方《しかた》ないよ。塾《じゅく》があるんだもん」

「休《やす》んじゃえばよかったのに。大体《だいたい》やっと受験《じゅけん》終《お》わったんだから、ちょっとはゆっくりする権利《けんり》があると思《おも》うよ、あたし達《たち》には」

「だよね。塾《じゅく》があるから、演劇部《えんげきぶ》も入《はい》れないなんて。勉強《べんきょう》し過《す》ぎ、明日菜《あすな》は」

水穂《みずほ》と花梨《かりん》の会話《かいわ》に、莉麻《りま》は少《すこ》し眉《まゆ》をひそめた。

本当《ほんとう》に、そうだ。もっと楽《たの》しいことを沢山《たくさん》しないと、また入学《にゅうがく》したばかりの時《とき》のように、威嚇《いかく》する猛獣《もうじゅう》のような明日菜《あすな》に戻《もど》ってしまいそうな気《き》がする。それが、莉麻《りま》には心配《しんぱい》で心配《しんぱい》でたまらない。

やっと以前《いぜん》の笑顔《えがお》を取《と》り戻《もど》したのに。

どうしたら、いいのかな。

この楽《たの》しい時間《じかん》を、明日菜《あすな》にも伝《つた》えるのには。

ハッ、と莉麻《りま》の頭《あたま》に一《ひと》つの考《かんが》えがひらめいた。

「ねえ、この白玉作《しらたまづく》り、動画撮《どうがと》って明日菜《あすな》ちゃんにスマホで送《おく》らない？」

「あ、いいねそれ！」

莉麻《りま》のアイディアに、みんな楽《たの》しそうに飛《と》びついた。早速佐子《さっそくさこ》がスマホを取《と》り出《だ》す。

本当《ほんとう》は、スマホは教室《きょうしつ》に持《も》ち込《こ》み禁止《きんし》だ。ばれないようにエプロンのポケットに忍《しの》ばせ、カメラのレンズだけ出《で》るようにして起動《きどう》させる。

「オッケー、撮《と》ってるよー」

そっとささやくような佐子《さこ》の言葉《ことば》に、ウキウキする気持《きも》ちが高《たか》まる。

「明日菜《あすな》ちゃん、白玉作《しらたまつく》ってるなう〜」

白玉《しらたま》を丸《まる》めながら、莉麻《りま》が中継《ちゅうけい》する。

「今度《こんど》は一緒《いっしょ》に作《つく》ろう、楽《たの》しいよ〜！　勉強《べんきょう》ばっかじゃなく、楽《たの》しいのも大事《だいじ》って、うちのママが言《い》ってたよ〜！」

楽《たの》しさがちゃんと伝《つた》わるように、莉麻《りま》は顔《かお》いっぱいに笑顔《えがお》を作《つく》った。

「オッケー、莉麻最高《りまさいこう》の笑顔《えがお》！」

佐子《さこ》が撮影《さつえい》を切《き》り、すぐにその動画《どうが》をスマホで明日菜《あすな》に送《おく》る。

「楽《たの》しさ、伝《つた》わるかな」

「今《いま》の莉麻《りま》の笑顔《えがお》ならね……お、早速既読《さっそくきどく》ついた」

佐子《さこ》のスマホ画面《がめん》を見《み》ながら、莉麻《りま》の胸《むね》がとくんと高鳴《たかな》った。

明日菜《あすな》ちゃんに、この楽《たの》しさが伝《つた》わりますように……そして今度《こんど》は一緒《いっしょ》に作《つく》りたいって、思《おも》ってもらえますように。

ポロン、と着信音《ちゃくしんおん》が、静《しず》かな自習室《じしゅうしつ》に鳴《な》り響《ひび》いた。静《しず》かに自習《じしゅう》している塾生達《じゅくせいたち》が、責《せ》めるような目《め》を一斉《いっせい》に明日菜《あすな》に向《む》ける。消音《しょうおん》にしていなかったことに慌《あわ》てて、明日《あす》菜《な》は急《いそ》いでカバンからスマホを取《と》り出《だ》した。そして、着信《ちゃくしん》したスマホの動画《どうが》を観《み》た。

途端《とたん》、スウッと冷《つめ》たいものが、頭《あたま》から背中《せなか》に流《なが》れていくように感《かん》じた。

莉麻《りま》の笑顔《えがお》。心《こころ》の底《そこ》から楽《たの》しそうな。

『勉強《べんきょう》ばっかじゃなく、楽《たの》しいのも大事《だいじ》って、うちのママが言《い》ってたよ～』

ガンッと、スマホを机《つくえ》に叩《たた》きつけた。周囲《しゅうい》の視線《しせん》が再《ふたた》び明日菜《あすな》に突《つ》き刺《さ》さる。その視《し》線《せん》に目《め》を伏《ふ》せ、明日菜《あすな》はスマホをカバンにしまいながら唇《くちびる》をかんだ。血《ち》が滲《にじ》むほど強《つよ》くかんだが、明日菜《あすな》は痛《いた》みを感《かん》じなかった。

「はい、では次《つぎ》の和訳《わやく》を、黒板《こくばん》に書《か》いてもらいましょう。石川《いしかわ》さん」

英語教諭《えいごきょうゆ》の林田先生《はやしだせんせい》に呼《よ》ばれ、莉麻《りま》は「はい」と立《た》ち上《あ》がった。

英語《えいご》のリーダーの時間《じかん》。

実《じっ》は、ここのところ莉麻《りま》は英語《えいご》を頑張《がんば》っている。先日《せんじつ》の英語《えいご》の小《しょう》テストで大《おお》ポカをして以来《いらい》、〈英語《えいご》の出来《でき》ない莉麻《りま》〉というイメージが付《つ》いているので、それをはねのけたいのだ。だからいつも英語《えいご》の予習《よしゅう》はたっぷりしてきて、今回指名《こんかいしめい》された訳《やく》も、ばっちりだ。莉麻《りま》は余裕《よゆう》で黒板《こくばん》の前《まえ》に行《い》き、テキストの英文《えいぶん》の和訳《わやく》を書《か》いた。

〈きのう学校《がっこう》に行《い》った時《とき》、私《わたし》はスティーブに合《あ》いました。その時《とき》、スティーブはアイリーンと一緒《いっしょ》でした〉

大《おお》きな字《じ》で堂々《どうどう》と書《か》き、莉麻《りま》は教室《きょうしつ》を振《ふ》り返《かえ》った。その莉麻《りま》を見《み》て、みんながクスクスと笑《わら》っている。あれ、なんで笑《わら》ってるの？　と目《め》を丸《まる》くすると、林田先生《はやしだせんせい》も苦笑《くしょう》しながら言《い》った。

「石川《いしかわ》さん。『合《あ》いました』の漢字《かんじ》、これで合《あ》ってる？」

「え」

慌《あわ》てて黒板《こくばん》を振《ふ》り返《かえ》る。その背中《せなか》に、投《な》げつけられた言葉《ことば》。

「こんなの小学校《しょうがっこう》で習《なら》う漢字《かんじ》じゃない。裏口入学《うらぐちにゅうがく》したんじゃないの？」

その言葉《ことば》に、ドッと教室《きょうしつ》が沸《わ》いた。だが、莉麻《りま》は心臓《しんぞう》が凍《こお》り付《つ》きそうになった。

裏口入学《うらぐちにゅうがく》……？

今《いま》の言葉《ことば》を言《い》った人物《じんぶつ》を、とっさに見《み》つめる。声《こえ》だけだが、すぐ分《わ》かった。明日菜《あすな》だ。

ショックを受《う》け明日菜《あすな》を見《み》つめるが、同時《どうじ》に莉麻《りま》の心《こころ》はフッと緩《ゆる》んだ。明日菜《あすな》も、笑《わら》っている。みんなと一緒《いっしょ》に。楽《たの》しそうに。嬉《うれ》しそうに。

その姿《すがた》を見《み》て、莉麻《りま》は思《おも》い出《だ》した。

ああそうだ。あたしは、そういうキャラだった。ドジで失敗《しっぱい》ばかりして、でもそれでみんなが笑《わら》ってくれる、いじられキャラ。そう思《おも》うと、心《こころ》の中《なか》に生《う》まれたショックは緩《ゆる》く解《と》けていき、莉麻《りま》もみんなと一緒《いっしょ》に笑《わら》い出《だ》した。

「てへへ……いやあ、これが入試《にゅうし》じゃなくて、良《よ》かったわ」

ホントだよー、莉麻《りま》ラッキー、と、教室中《きょうしつじゅう》から声《こえ》が飛《と》ぶ。にぎやかになった教室《きょうしつ》を林田先生《はやしだせんせい》が「はい、静《しず》かに静《しず》かに」と、手《て》を叩《たた》いて鎮《しず》めにかかった。

莉麻《りま》が席《せき》に戻《もど》った後《あと》も、まだ教室《きょうしつ》はどこか温《あたた》かい空気《くうき》に包《つつ》まれている。莉麻《りま》は、ホッとため息《いき》をついた。

明日菜《あすな》ちゃん、笑《わら》ってた。きっと、もう大丈夫《だいじょうぶ》。良《よ》かった。

心《こころ》の底《そこ》から、安心感《あんしんかん》があふれ出《だ》す。

本当《ほんとう》に、良《よ》かった。


四時間目《よじかんめ》は体育《たいいく》の授業《じゅぎょう》だった。体育《たいいく》は長距離走《ちょうきょりそう》で、校庭《こうてい》を何周《なんしゅう》も走《はし》らされる。

莉麻《りま》は運動全般《うんどうぜんぱん》が苦手《にがて》だが、中《なか》でも特《とく》に陸上《りくじょう》がダメだ。みんなより一周遅《いっしゅうおく》れてゼエハアと息《いき》を切《き》らしながら走《はし》っていた。

五月《ごがつ》とはいえ夏《なつ》のように強《つよ》い日差《ひざ》しの下《もと》、みんな汗《あせ》はダクダク、息《いき》も絶《た》え絶《だ》えになった時《とき》、授業終了《じゅぎょうしゅうりょう》のチャイムが鳴《な》った。

「ああ、やっと終《お》わった〜」

「死《し》ぬ〜」

整理体操《せいりたいそう》をやっとの思《おも》いで終《お》わらせ、暑《あつ》い校庭《こうてい》から校舎《こうしゃ》の中《なか》に移動《いどう》しようとした時《とき》、

「誰《だれ》か、ストップウォッチを体育準備室《たいいくじゅんびしつ》に返《かえ》しておいて」

体育教諭《たいいくきょうゆ》の声《こえ》に、みんな「え〜」と声《こえ》を上《あ》げた。

「日直《にっちょく》、行《い》ったら……」

そう言《い》う誰《だれ》かの声《こえ》に、明日菜《あすな》が瞬時《しゅんじ》に被《かぶ》せた。

「ビリだった人《ひと》、行《い》きなよ」

「え、あたし？」

「そうだよ。莉麻《りま》はみんなより一周走《いっしゅうはし》るのが少《すく》なかったんだから、余裕《よゆう》でしょ」

「ああ〜、やっぱあたし、そんな遅《おそ》かったか〜」

「え、莉麻《りま》そんなに遅《おそ》かったの？」

「うん。あたし、ビリ以外《いがい》なったことない」

「うわ〜、やっぱ裏切《うらぎ》らない！」

明日菜《あすな》の言葉《ことば》に、佐子《さこ》や花梨達《かりんたち》が笑《わら》う。一緒《いっしょ》に明日菜《あすな》も楽《たの》しそうに笑《わら》っている。

明日菜《あすな》が、本当《ほんとう》に楽《たの》しそうに。

莉麻《りま》は、もっと笑《わら》ってほしくなった。

「うちのママ、すごく大声《おおごえ》で応援《おうえん》するの。ビリのあたしにね、ビリでいいよ〜、よくやった〜って。ビリビリって、大声《おおごえ》で連呼《れんこ》するから、ホント、すっごく恥《は》ずかしかった〜」

「優《やさ》しいお母《かあ》さんだったね〜」

明日菜《あすな》が笑《わら》う。それを見《み》て、莉麻《りま》も嬉《うれ》しくなる。

「てへ、じゃあこれが最後《さいご》の一周《いっしゅう》と思《おも》って、走《はし》って行《い》ってくるわ」

何個《なんこ》もストップウォッチが入《はい》った箱《はこ》を片手《かたて》に、莉麻《りま》は長距離《ちょうきょり》の走《はし》り方《かた》で体育準備室《たいいくじゅんびしつ》に向《む》かって走《はし》り出《だ》した。後《うし》ろで楽《たの》しそうに明日菜達《あすなたち》が笑《わら》っている声《こえ》が聞《き》こえてくる。

自分《じぶん》のヘマで、明日菜《あすな》が笑《わら》ってくれる。

良《よ》かった。莉麻《りま》は自分《じぶん》のいじられキャラを、心《こころ》から誇《ほこ》らしく思《おも》った。


ストップウォッチを返《かえ》し、更衣室《こういしつ》に行《い》くと、まだみんな着替《きが》えている最中《さいちゅう》だった。

「ああ、良《よ》かった！　間《ま》に合《あ》ったあ」

莉麻《りま》が笑《わら》いながらみんなの中《なか》に入《はい》る。

いつもなら、「おつ〜」「お腹空《なかす》いたね、早《はや》く教室戻《きょうしつもど》って、お弁当食《べんとうた》べよう！」と、みんなが声《こえ》を掛《か》け合《あ》う。しかし。

あれ？

莉麻《りま》が入《はい》ってきたのに、みんな何《なに》も言《い》わない。まるで莉麻《りま》などいないかのように、莉麻《りま》の方《ほう》を見向《みむ》きもしない。みんな莉麻《りま》に背《せ》を向《む》けて、莉麻抜《りまぬ》きに楽《たの》しそうに笑《わら》っておしゃべりしている。

「あれ……ね、ねえ、みんな？」

笑顔《えがお》の頬《ほお》が引《ひ》きつってくる。話《はな》しかけても、振《ふ》り返《かえ》りもしてくれないのだ。

どうして？　みんな、どうしたの？　なんで、いつもみたいに話《はなし》の中《なか》に入《い》れてくれないの？

ドクドクと心臓《しんぞう》が嫌《いや》な高《たか》まりの音《おと》をたてる。

「ねえ、みんなどうしたの？」

「どうしたの？」

急《きゅう》に、美菜《みな》が莉麻《りま》に振《ふ》り返《かえ》って言《い》った。どうしたのって……莉麻《りま》は何《なに》か変《へん》だと思《おも》ったが、やっと返事《へんじ》をしてくれたことにホッとした。

「どうしたのって……やだ、何《なに》？」

「やだ、何《なに》？」

今度《こんど》は汐里《しおり》が言《い》った。

「何《なに》って……え、やだなあ。みんな、何《なに》？」

「やだなあ、みんな、何《なに》？」

水穂《みずほ》が言《い》った。笑《わら》いながら。他《ほか》のみんなも、クスクス笑《わら》っている。莉麻《りま》は、肌感覚《はだかんかく》だった違和感《いわかん》を、今度《こんど》ははっきり頭《あたま》で理解《りかい》した。

みんな、莉麻《りま》に返事《へんじ》をしているんじゃない。真似《まね》をしているのだ。

「ね、ねえ、真似《まね》やめてよ。ちゃんと、話《はな》そうよ」

「真似《まね》やめてよ。ちゃんと話《はな》そうよ」

「ねえ、花梨《かりん》ちゃん！」

「ねえ、花梨《かりん》ちゃん！」

話《はなし》にならない。莉麻《りま》の心《こころ》は、不安《ふあん》でいっぱいになった。みんながちゃんと話《はなし》をしてくれない。莉麻《りま》だけ、仲間《なかま》に入《はい》れていない。みんな笑《わら》っているが、莉麻《りま》は頬《ほお》が強張《こわば》って、笑顔《えがお》など作《つく》れない。

「ああ、マジ面白《おもしろ》いわ〜、莉麻《りま》って！」

やっと真似《まね》ではない言葉《ことば》を、佐子《さこ》が口《くち》にした。

「莉麻《りま》のオブオブした顔《かお》って、マジ笑《わら》える」

「明日菜《あすな》の言《い》う通《とお》りだね～」

花梨《かりん》と汐里《しおり》が、心《こころ》の底《そこ》から楽《たの》しそうに笑《わら》いながら、莉麻《りま》の肩《かた》をポンポンと叩《たた》いた。

強張《こわば》っていた頰《ほお》から力《ちから》が抜《ぬ》ける。

冗談《じょうだん》だったんだ。

「や、だあ。やだ、びっくりしたじゃん！」

莉麻《りま》が笑《わら》うと、みんなも一層《いっそう》笑《わら》い声《ごえ》を高《たか》くした。中《なか》でも、明日菜《あすな》は特《とく》に楽《たの》しそうだ。

「さ、早《はや》く教室戻《きょうしつもど》ろう！　お腹空《なかす》いたよ！」

明日菜《あすな》が走《はし》り出《だ》す。それに続《つづ》いて、他《ほか》のみんなも更衣室《こういしつ》から次々《つぎつぎ》駆《か》け出《だ》す。

「あ、待《ま》ってよ！　あたしまだ着替《きが》えてない！」

莉麻《りま》が慌《あわ》てるが、みんなは笑《わら》いながら行《い》ってしまった。

「ああ、急《いそ》がなきゃ」

大慌《おおあわ》てで体操服《たいそうふく》を脱《ぬ》ぎ、ブラウスを着《き》ようとする。ところが、

「あれ、やだなんで」

脱《ぬ》ぎっぱなしだったはずのブラウスのボタンが、留《と》めてある。

やだ、誰《だれ》がやったの……焦《あせ》る気持《きも》ちから指《ゆび》が上手《うま》く動《うご》かない。いつもより時間《じかん》が掛《か》かったがなんとか全部外《ぜんぶはず》し、大急《おおいそ》ぎで着《き》てスカートをはく。すると、今度《こんど》はリボンが見当《みあ》たらない。

一緒《いっしょ》に置《お》いてあったはずなのに……うろたえながら探《さが》すと、窓辺《まどべ》のカーテンレールに引《ひ》っかかっている。

もう、なんでこんなことするの……？

また嫌《いや》な気持《きも》ちが莉麻《りま》の心《こころ》に戻《もど》ってくる。ちょっと、ふざけるのにもほどがあるんじゃない？

ロッカーの上《うえ》に昇《のぼ》ってリボンを取《と》ると、窓《まど》の外《そと》からみんなが莉麻《りま》に向《む》かって手《て》を振《ふ》っているのが見《み》えた。楽《たの》しそうに笑《わら》いながら。

それを見《み》て、莉麻《りま》も笑顔《えがお》で手《て》を振《ふ》り返《かえ》す。ああそうだ、これは冗談《じょうだん》なんだから、怒《おこ》ったりしたらダメなんだよ。これで、みんなは笑顔《えがお》になるんだから。

「待《ま》ってて、すぐ行《い》くからー！」

莉《り》麻《ま》がみんなに叫《さけ》んだ途《と》端《たん》、みんなは莉《り》麻《ま》に背《せ》を向《む》けて走《はし》り出《だ》した。莉《り》麻《ま》も急《いそ》いで体《たい》操《そう》服《ふく》をバッグに詰《つ》め込《こ》んで走《はし》り出《だ》す。

早《はや》く、みんなに追《お》いつかなきゃ。

あの楽《たの》しいグループに戻《もど》って、みんなで笑《わら》いたい。


公《こう》立《りつ》の学《がっ》校《こう》は土《ど》曜《よう》日《び》も休《やす》みが多《おお》いが、星《ほし》園《ぞの》は午《ご》前《ぜん》授《じゅ》業《ぎょう》が行《おこな》われる。

そのうち数《すう》学《がく》の授《じゅ》業《ぎょう》では、一《いっ》週《しゅう》間《かん》の復《ふく》習《しゅう》として、毎《まい》週《しゅう》小《しょう》テストが行《おこな》われる。毎《まい》週《しゅう》のテストはブルーだが、定《てい》期《き》テストはその小《しょう》テストをまとめたものが出《で》るので、生《せい》徒《と》達《たち》の間《あいだ》ではありがたいという声《こえ》も多《おお》かった。

しかし、次《つぎ》が数《すう》学《がく》という休《やす》み時《じ》間《かん》。教《きょう》科《か》書《しょ》のテスト範《はん》囲《い》を見《み》ながら、莉《り》麻《ま》は大《おお》きなため息《いき》をついた。莉《り》麻《ま》は数《すう》学《がく》が苦《に》手《がて》だ。入《にゅう》試《し》の時《とき》も、算《さん》数《すう》の不《ふ》出《で》来《き》を国《こく》社《しゃ》理《り》で埋《う》めたといっても間《ま》違《ちが》いではないほど、小《しょう》学《がっ》校《こう》の頃《ころ》から苦《に》手《がて》だった。

「次《つぎ》のテスト、ヤマ聞《き》きたい人《ひと》、教《おし》えるよ〜」

後《うし》ろの方《ほう》から声《こえ》が聞《き》こえた。振《ふ》り返《かえ》ると、明日菜《あすな》が手《て》をメガホンのようにして言《い》っている。「わあ、教《おし》えて！」と、続々《ぞくぞく》と生徒達《せいとたち》が明日菜《あすな》の下《もと》に集《あつ》まる中《なか》、莉麻《りま》も足早《あしばや》に明日菜《あすな》のところに急《いそ》いだ。

「助《たす》かるー、ありがとう！」

みんなに囲《かこ》まれながら、明日菜《あすな》が教科書《きょうかしょ》にチェックを入《い》れていく。

「先生《せんせい》が丁寧《ていねい》に解説《かいせつ》してた問題《もんだい》が重要《じゅうよう》なはずだから、きっとこれと、これと……」

明日菜《あすな》が落《お》ち着《つ》いた声《こえ》で説明《せつめい》してくれるのを聞《き》きながら、みんなは真剣《しんけん》な目《め》で同《おな》じ場所《ばしょ》にチェックをしていく。

さすがだな、と莉麻《りま》は思《おも》った。明日菜《あすな》の落《お》ち着《つ》いた話《はな》し方《かた》、賢《かしこ》そうな眼差《まなざ》し……やっぱり、私達《わたしたち》なんかとは、全然違《ぜんぜんちが》う。莉麻《りま》が難《むずか》しいと思《おも》っている数学《すうがく》も、きっと明日《あす》菜《な》のレベルだとものすごく簡単《かんたん》なんだろう。そしてそれを、こうして教《おし》えてくれる。こんなところなんかは、ただの秀才《しゅうさい》じゃない。本当《ほんとう》に、優秀《ゆうしゅう》な人《ひと》だ。

始業《しぎょう》のチャイムが鳴《な》る。間《ま》もなく、テストの束《たば》を小脇《こわき》に抱《かか》えた数学教諭《すうがくきょうゆ》の西川先生《にしかわせんせい》がやってくる。明日菜《あすな》の周《まわ》りに集《あつ》まっていた生徒達《せいとたち》は、慌《あわ》てて自分《じぶん》の席《せき》に戻《もど》った。

莉麻《りま》も自分《じぶん》の席《せき》に着《つ》く。西川先生《にしかわせんせい》が入《はい》ってくる前《まえ》に、授業《じゅぎょう》を受《う》ける準備《じゅんび》をしなくては。机《つくえ》の中《なか》をまさぐり、ノートやペンケースを出《だ》そうとした。

「ん？　あれ」

莉麻《りま》は机《つくえ》の中《なか》を覗《のぞ》き込《こ》んだ。そして机《つくえ》の横《よこ》に掛《か》けたスクールバッグの中《なか》もさぐる。

大慌《おおあわ》てで。

ない。心臓《しんぞう》がバクバク鳴《な》り、手《て》が汗《あせ》ばんでくる。何度見《なんどみ》ても机《つくえ》の中《なか》にもスクールバッグの中《なか》にも、あるはずのペンケースが、ない。

誰《だれ》か、知《し》らない？　尋《たず》ねようとして、周《まわ》りを見回《みまわ》す。

「……あの……！」

「はい、みんな机《つくえ》の上《うえ》の物《もの》をしまってー」

教室《きょうしつ》のドアを開《あ》けながら、西川先生《にしかわせんせい》が言《い》った。ガタガタと机《つくえ》の上《うえ》の教科書《きょうかしょ》やペンケースをしまう生徒達《せいとたち》を見《み》ながら、西川先生《にしかわせんせい》がテスト用紙《ようし》を配《くば》っていく。もうそこからは私語禁止《しごきんし》だ。困《こま》り果《は》てる莉麻《りま》を置《お》き去《ざ》りに、西川先生《にしかわせんせい》は「はい、始《はじ》め！」と一言言《ひとことい》い、テストが始《はじ》まった。

周囲《しゅうい》からは、カリカリとシャーペンの走《はし》る音《おと》が響《ひび》いてくる。小《しょう》テストには、明日菜《あすな》が張《は》っていたヤマと同《おな》じ問題《もんだい》が並《なら》んでいる。後《うし》ろの席《せき》から、「よし」と小《ちい》さな呟《つぶや》きが聞《き》こえた。

全身《ぜんしん》が冷《つめ》たく強張《こわば》る。一人《ひとり》だけ、暗《くら》いまゆの中《なか》に閉《と》じ込《こ》められたようだ。狭《せま》く、固《かた》く、息苦《いきぐる》しい。でも、どうやって出《で》たらいいのか分《わ》からない。

分《わ》からない。どうしよう。

このままでは、小《しょう》テストが出来《でき》ない。どうしよう、どうしよう……！

汗《あせ》ばんだ手《て》の下《した》のテスト用紙《ようし》がふやけてくる。何《なに》も書《か》かれないまま、しわくちゃになっていく。どうしよう……。

「はい、みんなペンを置《お》いて」

西川先生《にしかわせんせい》が立《た》ち上《あ》がり、黒板《こくばん》に答《こた》えを書《か》き出《だ》した。

「隣《となり》と交換《こうかん》、丸付《まるつ》けしなさい」

隣《となり》の席《せき》の生徒《せいと》と交換《こうかん》する、カサカサという音《おと》が教室中《きょうしつじゅう》に響《ひび》く。莉麻《りま》も震《ふる》える手《て》で、隣《となり》に座《すわ》る美菜《みな》とテスト用紙《ようし》を交換《こうかん》した。

美菜《みな》は莉麻《りま》に手渡《てわた》されたテスト用紙《ようし》を見《み》た途端《とたん》、声《こえ》を上《あ》げた。

「あれ、莉麻《りま》全然《ぜんぜん》書《か》いてないじゃない！」

美菜《みな》の言葉《ことば》に、西川先生《にしかわせんせい》も、他《ほか》の生徒達《せいとたち》も、一斉《いっせい》に美菜達《みなたち》の方《ほう》を向《む》いた。

莉麻《りま》は慌《あわ》てて手《て》を振《ふ》った。

いや、分《わ》からなかったわけじゃないの。ペンケースがなくなってて。言《い》おうとするが、ずっと強張《こわば》っていた喉《のど》から声《こえ》が出《で》ない。すると誰《だれ》かが大声《おおごえ》で言《い》った。

「え、じゃあ、０点《てん》⁉」

マジ⁉　小《ちい》さく声《こえ》が上《あ》がる。それに、もう一声《ひとこえ》乗《の》せられた。

「やっぱり、裏口入学《うらぐちにゅうがく》じゃない？」

明日菜《あすな》だった。その言葉《ことば》に、クラスを揺《ゆ》さぶるような笑《わら》いがドッと起《お》こった。

「本当《ほんとう》だよー」

「明日菜《あすな》、あんなに丁寧《ていねい》に教《おし》えてくれたのに、一問《いちもん》も解《と》けなかったなんて」

違《ちが》う。テストは、分《わ》かった。でも、ペンがなかったから書《か》けなかった。机《つくえ》の中《なか》に、入《い》れていたペンケースが、なくなっていたから。

言《い》いたいのに、言《い》えない。クラス中《じゅう》に湧《わ》き起《お》こる笑《わら》い声《ごえ》が、莉麻《りま》をグルグル巻《ま》きにして動《うご》けなくさせる。

なんで笑《わら》ってるの。あたし、こんなに困《こま》ってるのに。ペンケースがなくなって、そのせいでテストが出来《でき》なくて、こんなに辛《つら》いのに。みんな、なんでそんなに、ものすごく面白《おもしろ》そうに笑《わら》ってるの。いたたまれなくて、顔《かお》が上《あ》げられない。うつむいた目《め》から、涙《なみだ》がこぼれ落《お》ちそうになる。

ペンケースさえあれば、こんなに笑《わら》われることもなかったのに。

ペンケースさえ、あれば……莉麻《りま》は、ふと息《いき》をのんだ。

ペンケース。なくなっていた。

莉麻《りま》は顔《かお》を上《あ》げた。西川先生《にしかわせんせい》に鎮《しず》められ、クラスは静《しず》まりつつあったが、まだ笑《わら》いの余韻《よいん》が空気《くうき》に潜《ひそ》んでいる。みんな小《しょう》テストの丸付《まるつ》けを終《お》え、後《うし》ろからテスト用紙《ようし》を集《あつ》めながら、胸《むね》の中《なか》にしまい込《こ》んだ笑《わら》いを反芻《はんすう》している。

何食《なにく》わぬ顔《かお》をして。

莉麻《りま》は、その顔一《かおひと》つ一《ひと》つを見《み》ながら、思《おも》った。

プププーッ
クスクス
クスクス

なくなった、ペンケース。

誰《だれ》か、誰《だれ》かが隠《かく》した……？

笑《わら》うために。あたしに0点《てん》を取《と》らせて、みんなで笑《わら》うために。

あたしは、そういうキャラだから。ヘマして、それでみんなを笑《わら》わせる、いじられキャラ。

でも。胸《むね》がじくりと痛《いた》む。これは、違《ちが》う。

あたしのキャラいじりにしては、ひどすぎるよ。

痛《いた》みがどんどん大《おお》きくなる。だって、あたしは笑《わら》えない。全然《ぜんぜん》、笑《わら》えない。

あたし、ひょっとしたら……いじめられているのかな。


週《しゅう》が明《あ》け、月曜日《げつようび》になった。

「行《い》ってきまーす！」

莉麻《りま》はいつも通《どお》り元気《げんき》よく家《いえ》を出《で》たが、通《とお》りに出《で》た途端《とたん》、足取《あしど》りが重《おも》くなる。

学校《がっこう》に行《い》くのが、気《き》が重《おも》い。

数学《すうがく》の後《あと》、ペンケースは見《み》つかった。放課後《ほうかご》ずっと探《さが》し続《つづ》け、やっと見《み》つけたのは校舎《こうしゃ》の下《した》の植《う》え込《こ》みの中《なか》だった。莉麻《りま》のクラスの窓《まど》の、真下《ました》。

誰《だれ》かが、投《な》げ落《お》としたとしか思《おも》えない場所《ばしょ》。

探《さが》す時《とき》も、誰《だれ》も一緒《いっしょ》に来《き》てくれなかった。みんな莉麻《りま》のことなど全《まった》く見向《みむ》きもせず、帰《かえ》ってしまったのだ。莉麻《りま》は、独《ひと》りだった。

あたし、これから、ずっとこんななのかな。

学校《がっこう》に向《む》かいながら、莉麻《りま》は思《おも》った。重《おも》い心《こころ》が、気持《きも》ちを暗《くら》い方《ほう》へと導《みちび》いていく。

あたしは、このまま笑《わら》われるためだけの存在《そんざい》になってしまうのかな。笑《わら》いを取《と》るためなら、何《なに》をされてもかまわないっていう気持《きも》ちでいないと、クラスにいられなくなってしまうのかな。

何《なに》をされても……どんなに嫌《いや》なことも、苦《くる》しいことも、辛《つら》いことも、しなきゃいけなくなってしまうのかな。

莉麻《りま》の足《あし》がどんどん遅《おそ》くなる。行《い》きたくない。学校《がっこう》に。でも休《やす》むわけにはいかない。母《はは》に、心配《しんぱい》をかけたくない。

莉麻《りま》が合格《ごうかく》したことに、あんなに喜《よろこ》んでくれた。友達《ともだち》が出来《でき》て、毎日楽《まいにちたの》しく学校《がっこう》に行《い》くことに、あんなに喜《よろこ》んでくれた。そんな母《はは》を心配《しんぱい》させたくない。

重《おも》い心《こころ》のまま学校《がっこう》に着《つ》いたのは、朝《あさ》のホームルームが始《はじ》まるギリギリの時間《じかん》だった。

いつもであれば大慌《おおあわ》てで教室《きょうしつ》に入《はい》るが、今日《きょう》は靴《くつ》を履《は》き替《か》えるのも、階段《かいだん》を昇《のぼ》るのも、わざとゆっくりとした。いつものように、教室《きょうしつ》でみんなと笑《わら》える自信《じしん》がなかった。

教室《きょうしつ》に入《はい》ると、もうみんな席《せき》に着《つ》いていた。莉麻《りま》は出来《でき》るだけ目立《めだ》たないように、そっと自分《じぶん》の席《せき》に着《つ》いた。笑《わら》われたくない。自分《じぶん》のする何《なに》かに、揚《あ》げ足《あし》を取《と》られたくなかった。

チャイムが鳴《な》り、担任《たんにん》の瀬山先生《せやませんせい》が入《はい》ってきた。あいさつがすみ、連絡事項《れんらくじこう》を手短《てみじか》に話《はな》した後《あと》、瀬山先生《せやませんせい》はクラスを見渡《みわた》した。

「さて、皆《みな》さん。皆《みな》さんが受験生《じゅけんせい》の時《とき》、説明会《せつめいかい》や文化祭《ぶんかさい》で、星園《ほしぞの》の合唱《がっしょう》コンクール優《ゆう》勝《しょう》クラスの合唱《がっしょう》を聴《き》いた人《ひと》も、大勢《おおぜい》いると思《おも》います」

瀬山先生《せやませんせい》の言葉《ことば》に、クラスがざわめく。

「あたし、聴《き》いた！　すっごいきれいで、感動《かんどう》した～！」

「あたしも！　あんなふうに歌《うた》いたくて、星園《ほしぞの》に入《はい》りたいって思《おも》ったんだもん」

クラスメートが口々《くちぐち》に話《はな》す言葉《ことば》に、莉麻《りま》も大《おお》きくうなずいた。莉麻《りま》も、その一人《ひとり》だ。清《きよ》らかで、神々《こうごう》しいまでに美《うつく》しい歌声《うたごえ》。思《おも》い出《だ》すだけで胸《むね》がいっぱいになり、涙《なみだ》がこみ上《あ》げてくる。

そんな生徒達《せいとたち》を嬉《うれ》しそうに見《み》ながら、瀬山先生《せやませんせい》は続《つづ》けた。

「その合唱《がっしょう》コンクールが、今年《ことし》も近《ちか》づいてきました。これから練習《れんしゅう》に入《はい》ります。そのために、ピアノの伴奏者《ばんそうしゃ》を決《き》めたいと思《おも》います」

クラスのざわめきが、一層大《いっそうおお》きくなった。

合唱《がっしょう》を美《うつく》しく盛《も》り上《あ》げ、仕立《した》て上《あ》げるのが、ピアノ伴奏《ばんそう》だ。

莉麻《りま》の胸《むね》がドキドキと高鳴《たかな》ってくる。やってみたい。ピアノは幼稚園《ようちえん》の頃《ころ》から習《なら》っていて、小学校時代《しょうがっこうじだい》も運動会《うんどうかい》の校歌斉唱《こうかせいしょう》の時《とき》にピアノ伴奏《ばんそう》に選《えら》ばれたこともあったのだ。受験《じゅけん》で勉強《べんきょう》に行《い》き詰《づ》まったとき、ピアノを弾《ひ》けば気持《きも》ちが晴《は》れた。莉麻《りま》の音楽好《おんがくず》きは、ピアノがあるからだ。

弾《ひ》きたい……ピアノ。暗《くら》くなっていた莉麻《りま》の心《こころ》が、ふわりと明《あか》るくなる。その時《とき》、

「先生《せんせい》、推薦《すいせん》はありですか？」

明日菜《あすな》が手《て》を挙《あ》げた。

「推薦《すいせん》？　もちろんです。他薦《たせん》でも自薦《じせん》でも、かまいませんよ」

にこやかに瀬山先生《せやませんせい》が言《い》うと、明日菜《あすな》は立《た》ち上《あ》がって笑顔《えがお》で言《い》った。

「石川莉麻《いしかわりま》さんを、推薦《すいせん》します」

「えっ⁉」

クラスが大《おお》きくざわめいたが、それ以上《いじょう》の声《こえ》を莉麻《りま》が上《あ》げた。

「あ、あたし……⁉」

「そう。莉麻《りま》ちゃん、小学校《しょうがっこう》の頃《ころ》からピアノが上手《じょうず》で、学校《がっこう》の行事《ぎょうじ》で校歌《こうか》のピアノ伴《ばん》奏《そう》をしたこともあるから。ホント、すごい上手《じょうず》なんです。だから、莉麻《りま》ちゃんが伴奏《ばんそう》なら、絶対大丈夫《ぜったいだいじょうぶ》。絶対優勝《ぜったいゆうしょう》して、今年《ことし》の学校説明会《がっこうせつめいかい》や文化祭《ぶんかさい》で、来年《らいねん》の受験生《じゅけんせい》に向《む》けての発表《はっぴょう》はうちのクラスが勝《か》ち取《と》れること間違《まちが》いないです」

明日菜《あすな》の言葉《ことば》に、莉麻《りま》は涙《なみだ》があふれ出《で》た。

先週末《せんしゅうまつ》から、いじめられていると思《おも》っていた。このクラスには、もういじられて笑《わら》いものにされる以外《いがい》、居場所《いばしょ》などなくなってしまったのだと思《おも》っていた。

それなのに、こんなに認《みと》めてもらっていた。しかも、明日菜《あすな》に。

「そうですか。石川《いしかわ》さん、どうですか？」

瀬山先生《せやませんせい》がにこやかな目《め》を莉麻《りま》に向《む》ける。莉麻《りま》は滲《にじ》む涙《なみだ》をこすりながら、何度《なんど》もうなずいた。

「やります……やらせて下《くだ》さい！」

「ああ、良《よ》かった！」

嬉《うれ》しそうに明日菜《あすな》が拍手《はくしゅ》をした。するとクラス全体《ぜんたい》からも、拍手《はくしゅ》が起《お》こった。

「莉麻《りま》、頼《たの》んだよ」

「頑張《がんば》ろうね！」

みんなが莉麻《りま》に笑顔《えがお》を向《む》けてくれる。

「うん、うん！」

莉麻《りま》は何度《なんど》もうなずいた。嬉《うれ》しくて嬉《うれ》しくて、心《こころ》がはじけてしまいそうだ。

全部《ぜんぶ》、気《き》のせいだった。あたしはいじられて笑《わら》いものにされなくても、こうしてクラスに居場所《いばしょ》があったんだ。

明日菜《あすな》が、作《つく》ってくれたんだ。

「では、石川《いしかわ》さんで決定《けってい》でいいですね？　石川《いしかわ》さん、頑張《がんば》ってね」

瀬山先生《せやませんせい》も莉麻《りま》に拍手《はくしゅ》を贈《おく》ってくれる。莉麻《りま》はすっかり元気《げんき》の戻《もど》った声《こえ》で、「はい！」と答《こた》えた。張《は》り切《き》り過《す》ぎて声《こえ》がひっくり返《かえ》ったが、そのことで笑《わら》う者《もの》は一人《ひとり》もいない。

頑張《がんば》らなくては、と莉麻《りま》は思《おも》った。絶対《ぜったい》、裏切《うらぎ》りたくない。こんなに期待《きたい》してくれているみんなを。そして何《なに》より、莉麻《りま》を推薦《すいせん》してくれた明日菜《あすな》を。

絶対頑張《ぜったいがんば》って、明日菜《あすな》の言《い》う通《とお》り、うちのクラスを優勝《ゆうしょう》させる。そして去年《きょねん》のあたし達《たち》が感動《かんどう》して星園《ほしぞの》を目指《めざ》したように、来年入試《らいねんにゅうし》を控《ひか》える受験生達《じゅけんせいたち》に感動《かんどう》を与《あた》えられるような合唱《がっしょう》を作《つく》り上《あ》げるんだ。


「あら、今日《きょう》もずいぶん早《はや》いのね」

ただいまー、と莉麻《りま》が家《いえ》に帰《かえ》ってくると、リビングでお茶《ちゃ》を飲《の》んでいた母《はは》が目《め》を丸《まる》くした。

「最近《さいきん》、帰《かえ》るの早《はや》いこと。何《なに》かあった？」

「何《なに》かって、ピアノの練習《れんしゅう》！　合唱《がっしょう》コンクールが近《ちか》いから」

「だからって、放課後《ほうかご》に合唱《がっしょう》の練習《れんしゅう》しなくていいの？」

「うん。逆《ぎゃく》にピアノが難《むずか》しいから、早《はや》く帰《かえ》ってピアノ自主練《じしゅれん》してって言《い》われてるの」

「うわ、それは大変《たいへん》な役《やく》を引《ひ》き受《う》けちゃったわね」

「でも、好《す》きだし。みんなが選《えら》んでくれたからね」

「そっか」

母《はは》は温《あたた》かい眼差《まなざ》しで微笑《ほほえ》むと、ピアノの上《うえ》にお菓子《かし》の入《はい》ったボウルを置《お》いた。

「ありがと」

そう言《い》って、莉麻《りま》はピアノを弾《ひ》き出《だ》した。それを聴《き》きながら、母《はは》は小《ちい》さくため息《いき》をついた。

「本当《ほんとう》、難《むずか》しいわねえ、その曲《きょく》。もっと簡単《かんたん》な曲《きょく》にしてもらったらよかったのに」

「そうはいかないよ。ピアノの弾《ひ》きやすさじゃなくて、みんなが歌《うた》いたいっていうのが最優先《さいゆうせん》なんだから」

上手《うま》く指《ゆび》が流《なが》れないパッセージを何度《なんど》も繰《く》り返《かえ》し練習《れんしゅう》しながら、莉麻《りま》は言《い》った。

この曲《きょく》は、明日菜《あすな》が買《か》ってきた楽譜《がくふ》なのだ。

『すごくきれいな曲《きょく》だから、これ歌《うた》おうよ！　この曲《きょく》なら、絶対優勝《ぜったいゆうしょう》間違《まちが》いないから！』

みんなでその曲《きょく》を聴《き》いた。明日菜《あすな》の言《い》う通《とお》り美《うつく》しく感動的《かんどうてき》な旋律《せんりつ》の曲《きょく》に、クラスみんなが感動《かんどう》して、歌《うた》うことに決《き》めたのだ。

曲《きょく》の名前《なまえ》は、〈私達《わたしたち》の夢《ゆめ》〉。

タイトルを見《み》る度《たび》に、莉麻《りま》の胸《むね》はいっぱいになる。まさに、今《いま》の自分達《じぶんたち》にぴったりだ。

この歌《うた》を歌《うた》い上《あ》げる時《とき》には、きっと今以上《いまいじょう》にみんなの心《こころ》が一《ひと》つになっているはず。そうして歌《うた》った歌《うた》でコンクールで優勝《ゆうしょう》し、説明会《せつめいかい》や文化祭《ぶんかさい》で発表《はっぴょう》して、受験生達《じゅけんせいたち》の夢《ゆめ》になる。

莉麻《りま》は懸命《けんめい》に練習《れんしゅう》を繰《く》り返《かえ》した。

頑張《がんば》るんだ。

絶対《ぜったい》、あたしの伴奏《ばんそう》で、みんなを優勝《ゆうしょう》に導《みちび》くんだ。


「うん、すごくいいよね！」

朝《あさ》のホームルーム前《まえ》、練習《れんしゅう》のために早《はや》く登校《とうこう》したクラスメート達《たち》で、合唱《がっしょう》の最後《さいご》の仕上《しあ》げを行《おこな》った。教室《きょうしつ》に持《も》ち込《こ》んだ電子《でんし》ピアノを弾《ひ》く莉麻《りま》に、明日菜《あすな》が笑顔《えがお》で言《い》った。

「莉麻《りま》の伴奏《ばんそう》が、すごくいい感《かん》じ！　特《とく》に間奏《かんそう》が、すごくきれいだよね」

「そう！　間奏《かんそう》がきれいだから、二番《にばん》に入《はい》る時《とき》、すごく気持《きも》ちいいよね」

「ねえ」

汐里《しおり》と水穂《みずほ》が、明日菜《あすな》の言葉《ことば》を受《う》けて笑顔《えがお》で褒《ほ》め続《つづ》ける。その言葉《ことば》に、莉麻《りま》は思《おも》わず顔《かお》を赤《あか》らめた。

「いや、みんなの方《ほう》がすごいよ。朝《あさ》しか練習出来《れんしゅうでき》てないのに、こんなにきれいに歌《うた》えるなんて」

「そりゃ、伴奏《ばんそう》がいいからだよ。もうこれで、明日《あした》の本番《ほんばん》もばっちりよ、絶対《ぜったい》」

「それなんだけど」

莉麻《りま》がピアノに向《む》けていた体《からだ》を、並《なら》んでいるクラスメート達《たち》の方《ほう》に向《む》けた。

「本番前《ほんばんまえ》に、瀬山先生《せやませんせい》に聴《き》いてもらった方《ほう》がいいんじゃないかな」

「え」

佐子《さこ》が言《い》った。

「せっかく音楽《おんがく》の先生《せんせい》が担任《たんにん》の先生《せんせい》なんだし。いくら上手《じょうず》に歌《うた》えているつもりでも、絶対直《ぜったいなお》すところがあると思《おも》うんだ。だから」

「いらないよ」

明日菜《あすな》の放《はな》った言葉《ことば》は、莉麻《りま》の声《こえ》を断《た》ち切《き》るように早《はや》かった。

「そんなことしたら、不公平《ふこうへい》になるじゃない。他《ほか》のクラスは、音楽《おんがく》の先生《せんせい》の指導《しどう》なんて受《う》けてないんだから。うちだけ担任《たんにん》だからって指導《しどう》してもらうなんて」

明日菜《あすな》の言葉《ことば》に、莉麻《りま》はハッとした。

そうだ。星園《ほしぞの》の合唱《がっしょう》コンクールは、生徒《せいと》の自主性《じしゅせい》に任《まか》されている。だからあえて音《おん》楽《がく》の教科《きょうか》では扱《あつか》わず、だからこそ生徒達《せいとたち》が自分自身《じぶんじしん》のこととして真剣《しんけん》に取《と》り組《く》み、夢《ゆめ》のように素晴《すば》らしく歌《うた》い上《あ》げるのだ。

「そうだね……そうだった」

莉麻《りま》はうなずいた。それを見《み》て、明日菜《あすな》はまた笑顔《えがお》を見《み》せ、

「じゃ、明日《あした》の本番《ほんばん》に備《そな》えて、今日《きょう》も莉麻《りま》ちゃんは早《はや》く帰《かえ》って練習《れんしゅう》してね！」

「うん、了解《りょうかい》！　いよいよ明日《あした》だもんね。わあ、ドキドキしてきた」

「本番《ほんばん》では受《う》け狙《ねら》いのドジやめてよね〜！　笑《わら》えないから、みんな！」

美菜《みな》の言葉《ことば》に、みんなが笑《わら》う。もちろん、莉麻《りま》も。心《こころ》の中《なか》に、緊張感《きんちょうかん》を膨《ふく》らませながら。笑《わら》ってはいるが、指先《ゆびさき》は震《ふる》えていた。

笑《わら》えない。本番《ほんばん》でミスったら。絶対《ぜったい》、絶対成功《ぜったいせいこう》させなくてはならない。

だってこれは、〈私達《わたしたち》の夢《ゆめ》〉なのだから。


コンクール本番《ほんばん》の朝《あさ》は、雲一《くもひと》つなく晴《は》れ渡《わた》っていた。

明《あか》るい日差《ひざ》しが、星園中等部生《ほしぞのちゅうとうぶせい》の集《つど》う体育館《たいいくかん》に差《さ》し込《こ》む。アリーナを埋《う》め尽《つ》くす星《ほし》園生達《ぞのせいたち》は、クラスごとに手《て》をつなぎ合《あ》い、緊張《きんちょう》した面持《おもも》ちで座《すわ》っていた。壁際《かべぎわ》には教《きょう》

師達《したち》が腰《こし》かけ、自分《じぶん》の担任《たんにん》している生徒達《せいとたち》が自分達《じぶんたち》だけで大《おお》きな壁《かべ》を越《こ》えようとしている姿《すがた》を、やはり緊張《きんちょう》した目《め》で見守《みまも》っている。

「それでは、これより第五十二回《だいごじゅうにかい》、星園聖学院中等部合唱《ほしぞのせいがくいんちゅうとうぶがっしょう》コンクールを開催《かいさい》いたします」

放送部《ほうそうぶ》のアナウンスに、盛大《せいだい》な拍手《はくしゅ》が起《お》こる。それと同時《どうじ》に、出演順《しゅつえんじゅん》に各《かく》クラスが舞台《ぶたい》の下手《しもて》に移動《いどう》していく。莉麻達一年一組《りまたちいちねんいちくみ》は、トップバッターだ。

「さあ、行《い》こう！」

拍手《はくしゅ》が続《つづ》く中《なか》、まばゆいほどのライトで真《ま》っ白《しろ》になったステージに、みんなが上《あ》がっていく。そんな中《なか》、莉麻《りま》は一人《ひとり》ステージの袖《そで》に置《お》かれたグランドピアノの前《まえ》に腰《こし》かけた。

緊張《きんちょう》で手《て》が震《ふる》えてくる。震《ふる》えと心《こころ》の緊張《きんちょう》を落《お》ち着《つ》かせるために、何度《なんど》も何度《なんど》も手《て》をさすり合《あ》わせる。指揮者《しきしゃ》の佐子《さこ》と目《め》を合《あ》わせ、お互《たが》いうなずき合《あ》う。佐子《さこ》のタクトが振《ふ》られたのと同時《どうじ》に、莉麻《りま》は鍵盤《けんばん》を指《ゆび》で叩《たた》いた。

行《い》くよ、私達《わたしたち》の夢《ゆめ》……！

長《なが》い前奏部分《ぜんそうぶぶん》を滑《なめ》らかに、そして叙情《じょじょう》たっぷりに弾《ひ》き上《あ》げる。フォルティシモで弾《ひ》き切《き》り、そこから合唱《がっしょう》がスタートする。冒頭部分《ぼうとうぶぶん》から盛《も》り上《あ》がるこの曲《きょく》を、さあみんな歌《うた》い上《あ》げて！　そう思《おも》いながら、莉麻《りま》は鍵盤《けんばん》を叩《たた》き続《つづ》けた。

……え……？

莉麻《りま》は鍵盤《けんばん》から目《め》を上《あ》げた。指揮台《しきだい》に立《た》つ佐子《さこ》を、そしてステージに並《なら》ぶクラスメート達《たち》を見《み》る。戸惑《とまど》いを隠《かく》しきれずに。

どうしてみんな、歌《うた》わないの……？

佐子《さこ》も、クラスメート達《たち》も、みんな莉麻《りま》を見《み》つめたまま、立《た》ち尽《つ》くしていた。歌《うた》うどころか、口《くち》を開《あ》けもせずに。

莉麻《りま》はピアノを弾《ひ》くのをやめた。これは、一体《いったい》どういうこと……？

その理由《りゆう》を、壁際《かべぎわ》に座《すわ》っていたはずの瀬山先生《せやませんせい》が、慌《あわ》ててステージの方《ほう》に走《はし》り寄《よ》りながら叫《さけ》んだ。

「どうしたの、曲《きょく》が違《ちが》うわよ！」

ひどく焦《あせ》った表情《ひょうじょう》で走《はし》り寄《よ》る瀬山先生《せやませんせい》の言《い》う意味《いみ》が、莉麻《りま》には分《わ》からない。

え、何《なに》？　どういうこと？　曲《きょく》が違《ちが》うって、一体《いったい》どういう意味《いみ》？

困惑《こんわく》してうろたえる莉麻《りま》の横《よこ》に、いつの間《ま》にか明日菜《あすな》が立《た》っている。莉麻《りま》は救《すく》いを求《もと》めるように、明日菜《あすな》の方《ほう》に手《て》を伸《の》ばした。

「明日菜《あすな》ちゃん、どうしたの？　なんで、みんな歌《うた》わないの？　なんで……」

「なんでって、こっちが訊《き》きたいわ。なんでそんな曲弾《きょくひ》いてるの？」

伸《の》ばした莉麻《りま》の手《て》を払《はら》い、明日菜《あすな》は笑《え》みを浮《う》かべて言《い》った。まるで、自虐《じぎゃく》ネタのギャグを披露《ひろう》するお笑《わら》い芸人《げいにん》を見《み》るような目《め》で。

明日菜《あすな》の後《うし》ろから、ステージに立《た》つクラスメート達《たち》が小声《こごえ》で口々《くちぐち》に言《い》う。

「莉麻《りま》ったら、あれだけ言《い》ったのに。ドジネタで笑《わら》い取《と》るのやめてって」

「笑《わら》い取《と》るとこじゃないよ～」

そう言《い》いながら、みんなクスクスと笑《わら》っている。

莉麻《りま》には何《なに》もつかめなかった。意味《いみ》が全《まった》く分《わ》からない。だって、今《いま》までこの曲《きょく》をずっと練習《れんしゅう》してきたじゃない。みんなで、ずっと歌《うた》ってきたじゃない。それなのに、これは一体《いったい》……。

「どいて。あたしが弾《ひ》くから」

明日菜《あすな》が莉麻《りま》を押《お》すようにしてどかし、代《か》わりにピアノの前《まえ》に座《すわ》る。そして手《て》にした楽譜《がくふ》を開《ひら》き、指揮台《しきだい》に立《た》つ佐子《さこ》に目配《めくば》せをした。そして始《はじ》まった合唱曲《がっしょうきょく》は、〈空《そら》に響《ひび》く鐘《かね》の音《ね》は希望《きぼう》〉

明日菜《あすな》の置《お》いた楽譜《がくふ》のタイトルだ。そしてタイトルの横《よこ》には、〝合唱《がっしょう》コンクール課《か》題曲《だいきょく》〟と書《か》かれていた。

明日菜《あすな》の弾《ひ》くピアノに続《つづ》き、クラスメート達《たち》の歌声《うたごえ》が響《ひび》き渡《わた》る。明《あか》るく楽《たの》しい、アップテンポの曲《きょく》を、みんなが楽《たの》しそうに歌《うた》い上《あ》げる。明日菜《あすな》は踊《おど》るようにピアノを弾《ひ》き、その歌声《うたごえ》を輝《かがや》かせる。クラスみんなが一《ひと》つになった瞬間《しゅんかん》だ。

莉麻《りま》を、除《のぞ》いて。

ピアノを弾《ひ》き続《つづ》ける明日菜《あすな》の傍《かたわ》らに立《た》ち尽《つ》くし、莉麻《りま》は呆然《ぼうぜん》とクラスの合唱《がっしょう》を見《み》つめていた。

みんな、こんな練習《れんしゅう》、いつしていたの……？

そして、あたしは、今《いま》まで一体何《いったいなに》をしていたの……？

一年一組《いちねんいちくみ》の発表《はっぴょう》は、拍手喝采《はくしゅかっさい》のうちに終《お》わった。

その後《ご》、各《かく》クラスが課題曲《かだいきょく》を歌《うた》い上《あ》げていき、全《ぜん》クラスの発表《はっぴょう》がすんだ。

そして、いよいよ結果発表《けっかはっぴょう》。合唱《がっしょう》コンクール実行委員長《じっこういいんちょう》が、最優秀《さいゆうしゅう》クラスを読《よ》み上《あ》げた。

「優勝《ゆうしょう》は、一年一組《いちねんいちくみ》です！」

キャーッという悲鳴《ひめい》にも似《に》た歓声《かんせい》が起《お》こる。拍手《はくしゅ》に包《つつ》まれながら、指揮者《しきしゃ》の佐子《さこ》が賞状《しょうじょう》を受《う》け取《と》った。コンクールが終《お》わり、会場《かいじょう》を撤収《てっしゅう》する時《とき》、クラスみんなが佐子《さこ》を取《と》り囲《かこ》む。

「やったね、優勝《ゆうしょう》！」

「さすが、一年一組《いちねんいちくみ》！」

クラスメート達《たち》の顔《かお》は、一年一組《いちねんいちくみ》の生徒《せいと》であることの誇《ほこ》りに輝《かがや》いている。

「これも、明日菜《あすな》のお陰《かげ》だよね！」

汐里《しおり》が大《おお》きな声《こえ》で言《い》った。みんなの輪《わ》の中《なか》に入《はい》ることが出来《でき》ず、離《はな》れたところに立《た》ち尽《つ》くす莉麻《りま》の耳《みみ》にも入《はい》るように。

「最初《さいしょ》、ビビったよね〜。いきなり変《へん》な曲《きょく》が始《はじ》まるんだもん」

「ね〜、ピアノ前奏《ぜんそう》が始《はじ》まった時《とき》、え、何《なに》これって思《おも》ったわ。やたら派手《はで》な前奏《ぜんそう》だったし」

「莉麻《りま》がピアノになった時《とき》、なんかドジるんじゃないかと不安《ふあん》になったけど、あんなに自分《じぶん》だけ目立《めだ》つことしてくれちゃうとはね〜、思《おも》わなかったよね」

「やっぱね、やってくれたよね。莉麻《りま》」

みんなが笑《わら》っている。莉麻《りま》のした失敗《しっぱい》を。

莉麻《りま》はみんなの話《はなし》を聞《き》きながら、ずっとうつむいていた。みんなを見《み》られなかった。

みんなを見《み》たら、感情《かんじょう》が爆発《ばくはつ》してしまいそうだった。

あたしのしたことの、どこが失敗《しっぱい》だったの?

課題曲《かだいきょく》があったなんて、誰《だれ》も言《い》わなかったじゃない。みんなで曲《きょく》を決《き》めて、みんなで練習《れんしゅう》だってしたじゃない。みんな、なんにも言《い》わなかったじゃない。だからあたし、一生懸命練習《いっしょうけんめいれんしゅう》して、すごく難《むずか》しかったのに弾《ひ》けるようにって、毎日毎日練習《まいにちまいにちれんしゅう》したのに。

でも、クラスメート達《たち》は、その一方《いっぽう》で、課題曲《かだいきょく》の練習《れんしゅう》もしていたのだ。

こんなに完璧《かんぺき》に歌《うた》えるまで。優秀《ゆうしゅう》を勝《か》ち取《と》ることが出来《でき》るまで。
あたしに、あたしだけに、内緒《ないしょ》で。
楽《たの》しそうに笑《わら》いながら、一年一組《いちねんいちくみ》の生徒達《せいとたち》は教室《きょうしつ》へと歩《ある》いていく。
莉麻《りま》に背中《せなか》を向《む》けて。
喉《のど》が苦《くる》しい。空気《くうき》が、肺《はい》の中《なか》に入《はい》ってこない。
息《いき》も出来《でき》ないほどの、孤独《こどく》。
今《いま》、はっきりと分《わ》かってしまった。
みんながあたしを笑《わら》う。以前《いぜん》はそれがあたしのキャラクター、居場所《いばしょ》だった。
でも、違《ちが》う。今《いま》は。
あたしは、ハブられている。
あたしは、いじめられている。

四

合唱《がっしょう》コンクールから、一週間《いっしゅうかん》経《た》った。

「あ、あの子《こ》」

「伴奏《ばんそう》で派手《はで》に違《ちが》う曲弾《きょくひ》いた子《こ》じゃん」

莉麻《りま》と廊下《ろうか》ですれ違《ちが》いざま、二人《ふたり》の生徒《せいと》がクスクスと笑《わら》う。全然知《ぜんぜんし》らない、他《ほか》のクラスの子《こ》だ。その笑《わら》い声《ごえ》を聞《き》きながら、莉麻《りま》はうつむいた顔《かお》を上《あ》げられないでいた。

合唱《がっしょう》コンクールで莉麻《りま》が課題曲《かだいきょく》ではない曲《きょく》を伴奏《ばんそう》として弾《ひ》いたことは、時間《じかん》が経《た》っても誰《だれ》も忘《わす》れてくれない。歩《ある》く場所《ばしょ》、行《い》く先々《さきざき》で笑《わら》われる。そうしていつの間《ま》にか莉《り》麻《ま》は、とにかく顔《かお》を見《み》られないように、いつも下《した》を向《む》いて歩《ある》くようになってしまった。

周《まわ》りを見《み》ないようにする。自分《じぶん》が見《み》ていなければ、周《まわ》りの人《ひと》も莉麻《りま》を見《み》ないでくれるような気《き》がする。

あれ以来《いらい》、莉麻《りま》は小《ちい》さい、暗《くら》い世界《せかい》で生《い》きるようになっていた。

教室《きょうしつ》に入《はい》る。莉麻《りま》が入《はい》った途端《とたん》、笑《わら》いが大波《おおなみ》のようにどおっと起《お》きた。

思《おも》わず目《め》を閉《と》じる。何《なに》？　今度《こんど》は、何《なに》を笑《わら》ってるの？　あたしの、何《なに》を？

「見《み》て見《み》てー、このテスト！　10点《てん》だって！」

「マジで？　これ、百点満点《ひゃくてんまんてん》だよね？」

「やってくれるわ、さすが莉麻《りま》！」

ハッと目《め》を開《あ》けると、水穂《みずほ》が莉麻《りま》の机《つくえ》の前《まえ》で、紙《かみ》をヒラヒラさせている。それは、さっきの授業《じゅぎょう》で返却《へんきゃく》された国語《こくご》の漢字《かんじ》テストだった。莉麻《りま》はここのところ勉強《べんきょう》に身《み》が入《はい》らず、テストの成績《せいせき》はずっと底辺《ていへん》を這《は》いずり回《まわ》るようなものばかりだった。

でも、みんなに笑《わら》ってほしくて悪《わる》い点《てん》を取《と》っているわけではない。莉麻《りま》のテストを見《み》ながら笑《わら》っているクラス中《じゅう》の笑《わら》い声《ごえ》は、莉麻《りま》の傷《きず》ついた心《こころ》を一層《いっそう》傷《きず》つけた。

「ねえ、やめて。やめてよ」

莉麻《りま》は水穂《みずほ》に手《て》を伸《の》ばした。返《かえ》してくれることは期待《きたい》しない。みんなは笑《わら》いたくてしているだけだから。分《わ》かっている。

分《わ》かっているけど、傷《きず》つくのだ。

「やめて」

もう一度《いちど》、莉麻《りま》が言《い》った。すると水穂《みずほ》の手《て》からテスト用紙《ようし》を取《と》った手《て》があった。

明日菜《あすな》だった。

明日菜《あすな》の眼差《まなざ》しと、莉麻《りま》の目《め》が合《あ》う。明日菜《あすな》はふわりと笑顔《えがお》を見《み》せた。

その笑顔《えがお》は、莉麻《りま》の強張《こわば》った心《こころ》をほどいた。莉麻《りま》も思《おも》わず小《ちい》さく微笑《ほほえ》んだ。

「明日菜《あすな》ちゃん」

明日菜《あすな》に手《て》を伸《の》ばす。テスト用紙《ようし》を返《かえ》してくれると思《おも》って。

しかし明日菜《あすな》は、莉麻《りま》からクラスのみんなに目《め》を戻《もど》し、

「ひっどい点数《てんすう》！　やっぱり、裏口入学《うらぐちにゅうがく》じゃこの程度《ていど》なんだね〜」

明日菜《あすな》の言葉《ことば》に、またクラス中《じゅう》が爆笑《ばくしょう》する。

「裏口入学《うらぐちにゅうがく》だったら、もっと勉強《べんきょう》しなきゃだよ〜！」

「高《たか》い学費《がくひ》払《はら》ってんだから、お母《かあ》さん泣《な》くよ〜！」

みんなと一緒《いっしょ》に笑《わら》いながら、明日菜《あすな》はテスト用紙《ようし》を手《て》から離《はな》した。

ヒラヒラと落《お》ちていくテスト用紙《ようし》を、莉麻《りま》が追《お》う。その様子《ようす》に背《せ》を向《む》け、明日菜《あすな》は

「お腹空《なかす》いたね〜」と言《い》った。

「お昼食《ひるた》べようよ」

「あ、あたし、デザート作《つく》ってきた！」

お弁当《べんとう》を食《た》べるために机《つくえ》を移動《いどう》させ始《はじ》めたクラスメート達《たち》に、美菜《みな》が小《ちい》さなカップケーキを配《くば》り始《はじ》めた。クラスみんなの分《ぶん》を作《つく》ってきたのか、大《おお》きな紙袋《かみぶくろ》を抱《かか》えて、グループを渡《わた》り歩《ある》いていく。

「わあ、ありがとう！」

「すご！　女子力高《じょしりょくたか》っ！」

みんなの笑顔《えがお》に、美菜《みな》も笑顔《えがお》で答《こた》えながら配《くば》る。

莉麻《りま》の前《まえ》は、素通《すどお》りして。

テスト用紙《ようし》を手《て》に、莉麻《りま》がぽつんと立《た》ち尽《つ》くす。そんな莉麻《りま》の前《まえ》で、みんなはお弁《べん》当《とう》を食《た》べる班《はん》の形《かたち》に机《つくえ》の移動《いどう》を終《お》え、「いただきます」という日直《にっちょく》の声《こえ》でお弁当《べんとう》を広《ひろ》げた。

「あ〜、お腹空《なかす》いた〜」

「お弁当《べんとう》食《た》べ終《お》わったら、パンも買《か》いに行《い》こうよ」

楽《たの》し気《げ》な会話《かいわ》が、お弁当《べんとう》の匂《にお》いが満《み》ちる教室《きょうしつ》に飛《と》び交《か》う。

ガヤガヤとグループでにぎわっている中《なか》、一《ひと》つだけ後《うし》ろに置《お》き去《ざ》りにされた机《つくえ》があった。莉麻《りま》の机《つくえ》だ。机《つくえ》の移動《いどう》の時《とき》に押《お》しのけられたのか、椅子《いす》はひっくり返《かえ》っていた。

誰《だれ》にも目《め》を向《む》けられないまま、莉麻《りま》は机《つくえ》に近《ちか》づき、椅子《いす》を直《なお》した。そして机《つくえ》の横《よこ》に掛《か》けたランチバッグを手《て》にすると、教室《きょうしつ》から出《で》ていった。

誰《だれ》にも、話《はな》しかけられないまま。

廊下《ろうか》に出《で》ると、昼《ひる》の放送《ほうそう》が始《はじ》まった。みんな教室《きょうしつ》でお弁当《べんとう》を食《た》べているので、廊下《ろうか》には誰《だれ》もいない。K《ケー》ポップの明《あか》るい曲《きょく》が、それぞれの教室《きょうしつ》から聞《き》こえてくる楽《たの》しそうな話《はな》し声《ごえ》や笑《わら》い声《ごえ》に重《かさ》なる。莉麻《りま》の歩《ある》く誰《だれ》もいない廊下《ろうか》とは、全《まった》く別《べつ》の世界《せかい》だ。

そこは、莉麻《りま》の存在《そんざい》が、許《ゆる》されない世界《せかい》。

莉麻《りま》はノロノロと歩《ある》き、トイレへと足《あし》を踏《ふ》み入《い》れた。十個《じっこ》の個室《こしつ》がずらりと並《なら》ぶトイレは、また誰《だれ》もいなかった。莉麻《りま》はその中《なか》の一番奥《いちばんおく》の個室《こしつ》に入《はい》り、鍵《かぎ》を閉《し》めた。トイレの蓋《ふた》をして、その上《うえ》に座《すわ》る。

そこで、お弁当《べんとう》を広《ひろ》げた。

お弁当《べんとう》の蓋《ふた》を開《あ》けると、から揚《あ》げのいい香《かお》りがした。莉麻《りま》の好《す》きなものだから、沢《たく》山《さん》入《い》れてくれた母特製《ははとくせい》のから揚《あ》げ。

ううん、莉麻《りま》だけじゃない。以前《いぜん》、まだ莉麻《りま》がみんなと仲《なか》が良《よ》かった頃《ころ》。莉麻《りま》のお弁当《べんとう》のから揚《あ》げを、水穂《みずほ》が「おいしそう」と言《い》ったので、一《ひと》つ分《わ》けてあげたのだ。そうしたら、水穂《みずほ》は大《おお》きな声《こえ》で「うわ、マジ超絶《ちょうぜつ》おいしい！　莉麻《りま》のママ、神《かみ》だね！」と、大喜《おおよろこ》びしてくれた。それを話《はな》したから、母《はは》はから揚《あ》げをおかずにする時《とき》は、多《おお》めに入《い》れてくれるようになったのだ。お友達《ともだち》に、分《わ》けてあげられるように、と。

思《おも》い出《だ》しながら、莉麻《りま》は鼻《はな》の奥《おく》がツンと痛《いた》くなった。大《おお》きく息《いき》を吸《す》う。トイレ掃除《そうじ》に使《つか》う塩素《えんそ》の匂《にお》いがした。目《め》の前《まえ》は、ピンクのトイレの扉《とびら》だ。

お弁当《べんとう》の匂《にお》いじゃない。友達《ともだち》の笑顔《えがお》じゃない。

から揚《あ》げの上《うえ》に、涙《なみだ》がこぼれ落《お》ちた。

なんでこんなことになっちゃったんだろう。あの時《とき》は、あんなに楽《たの》しかったのに。

いつもみんなでお喋《しゃべ》りして、笑《わら》って、あんなに、あんなに楽《たの》しかったのに。

「ひっ……ひっ……」

寂《さび》しい。寂《さび》しいよ。こんなの、嫌《いや》だよ。また前《まえ》みたいに、みんなと一緒《いっしょ》にいたいよ。

また、元《もと》に戻《もど》りたいよ。


昼休《ひるやす》みが終《お》わり、五時間目《ごじかんめ》の始《はじ》まる予鈴《よれい》が響《ひび》き渡《わた》った。

三々五々《さんさんごご》に散《ち》っていた生徒達《せいとたち》が、それぞれの教室《きょうしつ》に戻《もど》っていく。

その流《なが》れにそっと乗《の》って、莉麻《りま》もクラスに戻《もど》ってきた。

お弁当用《べんとうよう》に班《はん》ごとに合《あ》わせられていた机《つくえ》も通常《つうじょう》の授業用《じゅぎょうよう》に戻《もど》されている。定位置《ていいち》に戻《もど》されていた自分《じぶん》の席《せき》に少《すこ》し安心《あんしん》し、莉麻《りま》はランチバッグを横《よこ》に掛《か》けようとした。

その時《とき》、息《いき》をのんだ。

「……何《なに》、これ……？」

机《つくえ》に触《ふ》れる手《て》が震《ふる》える。その指先《ゆびさき》が、大《おお》きく黒々《くろぐろ》と書《か》かれた字《じ》をなぞった。

〈私《わたし》はバカです。だから裏口入学《うらぐちにゅうがく》しました〉

莉麻《りま》はとっさに手《て》でその字《じ》をこすった。しかし油性《ゆせい》のマーカーで書《か》かれているのか、その字《じ》のつややかな黒《くろ》さは少《すこ》しも薄《うす》くならない。ティッシュで、ハンカチでこするが、変《か》わらない。消《け》しゴムで消《け》すが、ほんの少《すこ》し薄《うす》らぐ程度《ていど》でほとんど変《か》わらない。

そんな必死《ひっし》な莉麻《りま》の姿《すがた》を見《み》ながら、クラスメート達《たち》はやはり楽《たの》しそうに笑《わら》っている。

「なんで消《け》したいの、ホントのことじゃん」

「表札《ひょうさつ》と思《おも》えば～？」

ひどい……ひどい、ひどい。

涙《なみだ》が机《つくえ》をこする度《たび》にこぼれ落《お》ちる。その後《うし》ろで、みんなが笑《わら》っている。

笑《わら》っている。あたしの傷《きず》ついている姿《すがた》に。あたしが辛《つら》くて、苦《くる》しいことに、みんな笑《わら》っている。

莉麻《りま》は、字《じ》を消《け》そうとするのをやめた。必死《ひっし》で消《け》そうとして荒《あら》くなった息《いき》のまま、椅子《いす》に座《すわ》った。みんなの笑《わら》い声《ごえ》を聞《き》きながら、ぼんやりと机《つくえ》の上《うえ》の字《じ》を見《み》つめる。

ムリだよ、もう。

元《もと》になんて、戻《もど》んない。

もう、ムリだ。

莉麻《りま》は思《おも》った。

ムリ。限界《げんかい》。もう。

限界《げんかい》だ。


「さあ、お入《はい》りなさい」

人気《ひとけ》のない自習室《じしゅうしつ》は、梢《こずえ》の間《あいだ》から注《そそ》がれる夕日《ゆうひ》でオレンジ色《いろ》に染《そ》まっている。扉《とびら》が開《あ》いた途端《とたん》、その光《ひかり》と瀬山先生《せやませんせい》の笑顔《えがお》に、莉麻《りま》は目《め》を細《ほそ》めた。

放課後《ほうかご》の学校《がっこう》は、校庭《こうてい》は運動部《うんどうぶ》の掛《か》け声《ごえ》、校舎内《こうしゃない》はブラスバンド部《ぶ》の練習《れんしゅう》で、色々《いろいろ》な音《おと》に満《み》ちあふれているが、莉麻《りま》が入《はい》った自習室《じしゅうしつ》は、シンと静《しず》まり返《かえ》っていた。

「座《すわ》って」

何列《なんれつ》もある長机《ながづくえ》の一角《いっかく》に、向《む》かい合《あ》わせに椅子《いす》が置《お》かれている。そのうちの一《ひと》つに座《すわ》り、ニッコリと笑《わら》う瀬山先生《せやませんせい》を見《み》て、莉麻《りま》はホッと心《こころ》が和《やわ》らぐのを感《かん》じた。

先生《せんせい》は、ちゃんと私《わたし》の気持《きも》ちを聞《き》こうとしてくれている。

莉麻《りま》は、悩《なや》んでいた。

いじめられ続《つづ》けるだけの学校生活《がっこうせいかつ》は、限界《げんかい》を超《こ》えていた。もう、学校《がっこう》に行《い》きたくない。だが、だからといってどうしたらいいのか。

母《はは》に相談《そうだん》することも考《かんが》えた。ほんの少《すこ》しだけ。すぐその考《かんが》えは消《き》えたのだ。なんといっても、憧《あこが》れ続《つづ》けた星園《ほしぞの》に莉麻《りま》が元気《げんき》に通《かよ》っていると信《しん》じている母《はは》。安心《あんしん》している母《はは》。現状《げんじょう》は、その母《はは》に対《たい》しての裏切《うらぎ》りになるとしか思《おも》えないのだ。

絶対《ぜったい》、ママには話《はな》せない。

じゃあ、どうしたら……。

そう思《おも》った時《とき》、思《おも》い出《だ》したのだ。瀬山先生《せやませんせい》のことを。

入学式《にゅうがくしき》の日《ひ》、教室《きょうしつ》で、瀬山先生《せやませんせい》は言《い》ってくれた。

『何《なに》かあったら、私達《わたしたち》に打《う》ち明《あ》けて下《くだ》さい。絶対《ぜったい》、独《ひと》りで苦《くる》しまないで』

打《う》ち明《あ》けて。独《ひと》りで苦《くる》しまないで。絶対《ぜったい》。

瀬山先生《せやませんせい》に言《い》おう。

そう思《おも》った莉麻《りま》だが、すぐに反対《はんたい》の考《かんが》えも頭《あたま》をよぎる。

そんなことしたら、チクリになるんじゃないの？　先生《せんせい》に話《はな》したことがみんなにばれたら、一体《いったい》どうなるか。

どうなるか。

どうも、ならない。今以上《いまいじょう》、悪《わる》くなることなんてないんだから。

莉麻《りま》は大《おお》きく息《いき》を吐《は》いて、心《こころ》を決《き》めた。

瀬山先生《せやませんせい》に、相談《そうだん》しよう。


「ピアノ、上手《じょうず》だったわね」

前《まえ》に腰《こし》かけた莉麻《りま》に向《む》かい、瀬山先生《せやませんせい》は笑顔《えがお》で話《はな》しかけた。

「ピアノ？」

「合唱《がっしょう》コンクールの時《とき》の。ずいぶん難《むずか》しい曲《きょく》を弾《ひ》き始《はじ》めたから、先生驚《せんせいおどろ》いちゃった」

「……ああ」

もう思《おも》い出《だ》したくもない出来事《できごと》だ。だまされて猛練習《もうれんしゅう》した難曲《なんきょく》。笑《わら》われて、ハブられて、ただただ苦《くる》しい孤独《こどく》を味《あじ》わわされた合唱《がっしょう》コンクール。莉麻《りま》は自分《じぶん》でも瞳《ひとみ》の奥《おく》が暗《くら》くなるのが分《わ》かった。目《め》を伏《ふ》せ、床《ゆか》に視線《しせん》を落《お》とす。そんな莉麻《りま》に、瀬山先生《せやませんせい》が穏《おだ》やかな声《こえ》で言《い》った。

「苦《くる》しかったね」

瀬山先生《せやませんせい》の言葉《ことば》に、莉麻《りま》は目《め》を上《あ》げた。

苦《くる》しかった……？

「あんなに弾《ひ》けるのにね。本当《ほんとう》は、ちゃんと課題曲弾《かだいきょくひ》いて、みんなに歌《うた》ってほしかったよね」

莉麻《りま》を見《み》つめる瀬山先生《せやませんせい》の目《め》は、優《やさ》しい。ただただひたすら優《やさ》しく、莉麻《りま》の強張《こわば》った心《こころ》を包《つつ》み込《こ》んだ。そうなんです、と、春《はる》の日差《ひざ》しに溶《と》ける雪《ゆき》のような心《こころ》で、莉麻《りま》は思《おも》った。

そうなんです。あたし、苦《くる》しかった。みんなで優勝《ゆうしょう》したくて、そのために必死《ひっし》で練《れん》習《しゅう》して、それなのにみんな歌《うた》ってくれなくて、あたしが悪《わる》いって言《い》われて……。

「うー……」

涙《なみだ》がこぼれないようにかみしめた歯《は》の間《あいだ》から、声《こえ》がもれた。同時《どうじ》に、後《あと》から後《あと》から涙《なみだ》があふれ出《で》る。

「石川《いしかわ》さん」

泣《な》き出《だ》した莉麻《りま》の肩《かた》を、瀬山先生《せやませんせい》が優《やさ》しくさする。その優《やさ》しさに、莉麻《りま》は心《こころ》の底《そこ》から安心《あんしん》した。きっと、先生《せんせい》なら分《わ》かってくれる。分《わ》かってくれる。


「……そう……」

莉麻《りま》の話《はなし》が一通《ひととお》り終《お》わったところで、ため息《いき》をつくように瀬山先生《せやませんせい》は言《い》った。莉麻《りま》を見《み》つめる瞳《ひとみ》には、優《やさ》しさと共《とも》に戸惑《とまど》いも滲《にじ》んでいる。

莉麻《りま》は、全《すべ》てを話《はな》した。入学《にゅうがく》してしばらくは、みんなと仲良《なかよ》しでいつも楽《たの》しかったこと。それなのに、いつの間《ま》にか笑《わら》われるいじられキャラになっていて、笑《わら》いを取《と》るためにいじめられるようになっていたこと。苦《くる》しくて辛《つら》くて仕方《しかた》ないのに、いじめられるキャラでないと教室《きょうしつ》に居場所《いばしょ》がないこと……。話《はな》しながら、涙《なみだ》が止《と》まらなくなっていた。ティッシュを使《つか》い切《き》った莉麻《りま》に、瀬山先生《せやませんせい》が自分《じぶん》のティッシュを差《さ》し出《だ》した。

「それは、辛《つら》かったね」

瀬山先生《せやませんせい》の言葉《ことば》に、うなずいた。やっぱり、瀬山先生《せやませんせい》は分《わ》かってくれた。しゃくり上《あ》がる息《いき》の中《なか》で莉麻《りま》が安堵《あんど》した時《とき》、瀬山先生《せやませんせい》は莉麻《りま》に言《い》った。

「それで、誰《だれ》が中心《ちゅうしん》か、分《わ》かる？」

「中心《ちゅうしん》……？」

「そう。その、石川《いしかわ》さんに色々《いろいろ》仕掛《しか》けている、中心《ちゅうしん》の人《ひと》」

莉麻《りま》は、違和感《いわかん》を覚《おぼ》えた。瀬山先生《せやませんせい》は言葉《ことば》を選《えら》んでいる。

巧妙《こうみょう》に「いじめ」という言葉《ことば》を避《さ》けているよう感《かん》じた。莉麻《りま》がされていることを、いじめと捉《とら》えようとしない……？

打《う》ち明《あ》けて、一人《ひとり》で苦《くる》しまないで、なんて言《い》っていたのに……。

警戒心《けいかいしん》が表情《ひょうじょう》に表《あらわ》れたのか、莉麻《りま》の顔《かお》を覗《のぞ》き込《こ》んでいた瀬山先生《せやませんせい》が、安心《あんしん》させるように笑《え》みを見《み》せた。

「ああ、ごめんなさい。石川《いしかわ》さんが苦《くる》しい思《おも》いをしてきたのは、よく分《わ》かったつもり。だから、一刻《いっこく》も早《はや》くその状況《じょうきょう》を変《か》えて、前《まえ》みたいにみんなと仲良《なかよ》く出来《でき》るようにしたいと思《おも》っているの。そのために、訊《き》いているのよ」

瀬山先生《せやませんせい》は笑顔《えがお》を見《み》せたが、莉麻《りま》の表情《ひょうじょう》は変《か》わらない。それを見《み》て、瀬山先生《せやませんせい》は小《ちい》さく微笑《ほほえ》んでから、窓《まど》の外《そと》に視線《しせん》を向《む》けた。梢《こずえ》の間《あいだ》から差《さ》し込《こ》む陽《ひ》の光《ひかり》に目《め》をすがめながら、瀬山先生《せやませんせい》は続《つづ》けた。

「……実《じつ》は、何年《なんねん》か前《まえ》にも、いたの。石川《いしかわ》さんと同《おな》じような目《め》に遭《あ》った子《こ》が」

「え」

自分《じぶん》と同《おな》じ……？　莉麻《りま》が思《おも》わず声《こえ》を上《あ》げると、瀬山先生《せやませんせい》は莉麻《りま》に視線《しせん》を戻《もど》した。

「その子《こ》も、入学《にゅうがく》してしばらくはみんなとすごく仲《なか》が良《よ》かったんだけど、二《に》、三《さん》か月《げつ》経《た》った頃《ころ》かな。無視《むし》されたり、仲間外《なかまはず》れにされたりするようになって。それが原因《げんいん》で不登校《ふとうこう》になってしまったのよ」

あたしと同《おな》じだ。

「私達《わたしたち》はそんなことがあったなんて全然《ぜんぜん》気《き》が付《つ》かなくてね。だから、すぐに事実確認《じじつかくにん》したの。その子《こ》を仲間外《なかまはず》れにしたグループの子達《こたち》に、話《はなし》を訊《き》いて。そうしたら、いじめの中心《ちゅうしん》っていわれた子《こ》が、言《い》ったのよ。私達《わたしたち》は、自分達《じぶんたち》を守《まも》っただけだって」

え。

瀬山先生《せやませんせい》の言葉《ことば》が、莉麻《りま》にはすぐには分《わ》からなかった。

「いじめられて不登校《ふとうこう》になった子《こ》。その子《こ》、仲良《なかよ》くなるにしたがって、グループの子《こ》達《たち》に嫌《いや》なことばかり言《い》うようになっていたんですって。みんな友達《ともだち》だからって何《なに》を言《い》われても我慢《がまん》していたんだけど、ある子《こ》が容姿《ようし》のことを笑《わら》われて。もう、限界《げんかい》を超《こ》えて。これ以上《いじょう》あの子《こ》と友達《ともだち》でいたら、傷《きず》つくだけだからって、無視《むし》することにしたんですって」

瀬山先生《せやませんせい》は、莉麻《りま》をまっすぐ見《み》つめて言《い》った。

「嫌《いや》なことを言《い》われたからって、無視《むし》したり仲間外《なかまはず》れにしたりしていいなんて、そんなことは絶対《ぜったい》ない。でも石川《いしかわ》さん。ひょっとしたら、ささいなことでも誰《だれ》かと、すれ違《ちが》ったり……、そうね何《なに》かトラブルになるようなことなかったかしら？」

「あたしが……？」

「ええ。でも、もしそういうことがあったとしても、あなたが悪《わる》いわけじゃない。これは覚《おぼ》えておいてね。あなたは、悪《わる》くない」

瀬山先生《せやませんせい》は力強《ちからづよ》く言《い》った。その優《やさ》しさが、莉麻《りま》を過去《かこ》に向《む》き合《あ》わせる。

あたし……あたしがしたことで、何《なに》か問題《もんだい》を起《お》こしていたか……？　あたしが何《なに》も考《かんが》えずに言《い》ったこと、したことで。

明日菜《あすな》の、佐子《さこ》の、みんなの笑顔《えがお》が浮《う》かぶ。

「……そう……なのかな。……ううん、そうかも」

莉麻《りま》がポツリと言《い》った。

「ひょっとしたら……あたし、何《なに》か言《い》ったのかもしれない。そうじゃないと、こんなことになるはずない。だってあたし達《たち》、本当《ほんとう》に仲《なか》が良《よ》かったから……」

これまでの時間《じかん》を思《おも》い起《お》こしながら、莉麻《りま》は言《い》った。

「うん。大丈夫《だいじょうぶ》よ。きっと、元通《もとどお》り仲良《なかよ》くなれるわ」

ニッコリと笑《わら》い、瀬山先生《せやませんせい》が莉麻《りま》の頭《あたま》をポンポンと撫《な》でた。

「友達《ともだち》だもの。大丈夫《だいじょうぶ》」

大丈夫《だいじょうぶ》。莉麻《りま》は、瀬山先生《せやませんせい》の言葉《ことば》を心《こころ》の中《なか》で繰《く》り返《かえ》した。友達《ともだち》だもの、大丈夫《だいじょうぶ》。自《じ》分《ぶん》の中《なか》の言葉《ことば》に、小《ちい》さくうなずく。

いじめの中心《ちゅうしん》は、明日菜《あすな》だ。きっと、そう。

繰《く》り返《かえ》し突《つ》き付《つ》けられる「裏口入学《うらぐちにゅうがく》」という言葉《ことば》は、明日菜《あすな》が言《い》い出《だ》し、言《い》い続《つづ》けている。

その言葉《ことば》は、莉麻《りま》を傷《きず》つける。でもそんな言葉《ことば》を口《くち》にさせるほどのことを、したかもしれないのだ。

何《なに》をしたのだろう。あたしは、明日菜《あすな》に。きっと、ひどく無意識《むいしき》に、無神経《むしんけい》なことを言《い》ってしまったのだ。

明日菜《あすな》に、星園《ほしぞの》を好《す》きになってほしい。そう思《おも》った時点《じてん》で、無神経《むしんけい》だったのかもしれない。莉麻《りま》にとっては第一志望《だいいちしぼう》だったけれど、明日菜《あすな》にとっては通《かよ》う予定《よてい》もない滑《すべ》り止《ど》めに過《す》ぎなかった。星園《ほしぞの》に通《かよ》うという意味《いみ》が莉麻《りま》と明日菜《あすな》では全然違《ぜんぜんちが》う、それはよく分《わ》かっていて、気《き》を付《つ》けていたつもりだった。でも、それも独《ひと》りよがりに過《す》ぎなかったのかもしれない。

明日菜《あすな》に比《くら》べてレベルの低《ひく》い莉麻《りま》に気《き》を遣《つか》われたことが、明日菜《あすな》の気分《きぶん》を害《がい》したのかもしれない。だから莉麻《りま》を形容《けいよう》する時《とき》に、あんなにも「裏口入学《うらぐちにゅうがく》」を繰《く》り返《かえ》し使《つか》うのだろう。今《いま》は同《おな》じ学校《がっこう》の生徒《せいと》だけど、レベルが違《ちが》うことを忘《わす》れるなというために。

そうか。莉麻《りま》の心《こころ》に、合点《がてん》がいった。今《いま》やっと明日菜《あすな》の気持《きも》ちが分《わ》かる気《き》がした。

瀬山先生《せやませんせい》に「ありがとうございました」と頭《あたま》を下《さ》げ、莉麻《りま》は学校《がっこう》を出《で》た。

すっかり日《ひ》が暮《く》れ、それぞれの部活《ぶかつ》が片《かた》づけを終《お》えつつあった。ちらほらと帰宅《きたく》する生徒達《せいとたち》に紛《まぎ》れて、莉麻《りま》も帰《かえ》り道《みち》についた。その足取《あしど》りは、瀬山先生《せやませんせい》と会《あ》う前《まえ》に比《くら》べると、考《かんが》えられないくらい軽《かる》くなっていた。

話《はな》そう。

莉麻《りま》の頭《あたま》には、それしかなかった。

そして、明日菜《あすな》に謝《あやま》る。何《なに》かひどいことを言《い》ったことを、それにずっと気《き》が付《つ》かなかったことを。無神経《むしんけい》だった。本当《ほんとう》に、ごめんね。

許《ゆる》してもらえるだろうか。許《ゆる》してもらえるまで、謝《あやま》り続《つづ》けるしかない。

「頑張《がんば》ろう」

小《ちい》さい声《こえ》で呟《つぶや》き、莉麻《りま》はこぶしを握《にぎ》りしめた。

大丈夫《だいじょうぶ》。きっと、分《わ》かってくれる。

だってあたし達《たち》、星園生《ほしぞのせい》だもの。

翌朝《よくあさ》。

教室《きょうしつ》に向《む》かう階段《かいだん》を昇《のぼ》りながら、莉麻《りま》は一生懸命《いっしょうけんめい》セリフを口《くち》の中《なか》で繰《く》り返《かえ》していた。

昨晩《さくばん》から、ずっと考《かんが》えていたのだ。明日菜《あすな》とのやりとりを想定《そうてい》して、何度《なんど》も練《ね》り直《なお》したセリフ。

もう、明日菜《あすな》を傷《きず》つけないように。莉麻《りま》の気持《きも》ちが、きちんと伝《つた》わるように。

何度《なんど》も、何度《なんど》も練習《れんしゅう》しているうちに、教室《きょうしつ》に着《つ》いていた。

教室《きょうしつ》の入《い》り口《ぐち》を見《み》ながら、足《あし》が少《すこ》し震《ふる》えるのを莉麻《りま》は感《かん》じた。緊張《きんちょう》する。自分《じぶん》が謝《あやま》ることで、どれだけ明日菜《あすな》に気持《きも》ちが伝《つた》わるのか。明日菜《あすな》が許《ゆる》す気持《きも》ちになってくれるのか。正直莉麻《しょうじきりま》は、筋道立《すじみちた》てて話《はなし》をすることが苦手《にがて》だ。

でも、謝《あやま》らなきゃ。上手《うま》く話《はな》せなくても、莉麻《りま》が明日菜《あすな》に謝《あやま》りたい気持《きも》ち、そして明日菜《あすな》と、みんなとまた仲良《なかよ》くしたいという思《おも》いだけは、伝《つた》えたい。

莉麻《りま》は一《ひと》つ大《おお》きく息《いき》をつくと、しっかり前《まえ》を見据《みす》えた。

「行《い》くぞ」

その一言《ひとこと》で気持《きも》ちを奮《ふる》い立《た》たせる。そうして莉麻《りま》は、教室《きょうしつ》へと足《あし》を踏《ふ》み入《い》れた。

莉麻《りま》が入《はい》った途端《とたん》、ドッと笑《わら》いが起《お》きた。いつもと一緒《いっしょ》だ。莉麻《りま》はもうひるむことなく、教室《きょうしつ》の中《なか》へと入《はい》っていく。そんな莉麻《りま》に誰《だれ》かが「おばけー！」と言《い》った。

「どうしたの、化《ば》けて出《で》たのー？」

「成仏《じょうぶつ》してー」

なんのこと……？　分《わ》からない莉麻《りま》だったが、自分《じぶん》の机《つくえ》の上《うえ》を見《み》て、すぐに意味《いみ》が分《わ》かった。

莉麻《りま》の机《つくえ》の上《うえ》には、雑草《ざっそう》が活《い》けられた花瓶《かびん》が飾《かざ》られていた。まるで、亡《な》くなった人《ひと》に手向《たむ》けた献花《けんか》のように。

心《こころ》が一瞬《いっしゅん》にして凍《こお》り付《つ》くのを感《かん》じた。顔《かお》が、体《からだ》が、全《すべ》てが強張《こわば》る。そんな莉麻《りま》の姿《すがた》に、またクラス中《じゅう》から笑《わら》いが起《お》こる。笑《わら》うクラスメート達《たち》に囲《かこ》まれるようにして、明《あ》日菜《すな》が莉麻《りま》を見《み》ている。あの誰《だれ》かを威嚇《いかく》するような目《め》に、冷《つめ》たい笑《え》みを浮《う》かべて。

無意識《むいしき》に、莉麻《りま》の唇《くちびる》が動《うご》いた。

「え？」

笑《わら》っていたクラスメートの一人《ひとり》が、莉麻《りま》の顔《かお》を見《み》て聞《き》き返《かえ》した。それに答《こた》えるように、莉麻《りま》はもう一度《いちど》言《い》い直《なお》した。

「……ごめんなさい」

莉麻《りま》の言葉《ことば》に、クラス中《じゅう》が一瞬《いっしゅん》静《しず》まり返《かえ》る。思《おも》いがけない言葉《ことば》だった。明日菜《あすな》にとってもそうだったらしく、莉麻《りま》を見《み》つめる目《め》を大《おお》きく見開《みひら》いた。莉麻《りま》はそんな明日菜《あすな》の方《ほう》に足《あし》を向《む》けながら続《つづ》けた。

「ごめんなさい。あたし、あたし何《なに》か、何《なに》かすごく嫌《いや》なことしたんだよね？　明日菜《あすな》ちゃんにとって」

気持《きも》ちを、分《わ》かってほしい。莉麻《りま》は自分《じぶん》の気持《きも》ちをきちんと伝《つた》えたくて、明日菜《あすな》をまっすぐ見《み》つめて言《い》った。

「何《なに》をしたのか、分《わ》かんないけど……。そこも悪《わる》いよね、ごめんなさい。でも、明日《あす》菜《な》ちゃんにいじめをさせたくなるほど嫌《いや》なことをしてしまったことは、分《わ》かる。本当《ほんとう》に、ごめんなさい。悪《わる》いところ、ちゃんと直《なお》すよ。これから、本当《ほんとう》に気《き》を付《つ》ける。嫌《いや》な思《おも》いさせて、本当《ほんとう》にごめんなさい」

莉麻《りま》は明日菜《あすな》に頭《あたま》を下《さ》げた。

「許《ゆる》して下《くだ》さい」

周囲《しゅうい》が息《いき》をのむのが分《わ》かった。みんなが莉麻《りま》と明日菜《あすな》を交互《こうご》に見《み》ている。どうしたらいいんだろう、と戸惑《とまど》った雰囲気《ふんいき》になっているのが、肌《はだ》で分《わ》かる。

「そう」

時《とき》が止《と》まったような時間《じかん》を崩《くず》したのは、明日菜《あすな》だった。

「分《わ》かった」

莉麻《りま》が顔《かお》を上《あ》げ、明日菜《あすな》を見《み》る。明日菜《あすな》も莉麻《りま》を見《み》つめている。

許《ゆる》してくれる……？　期待《きたい》が莉麻《りま》の胸《むね》に生《う》まれるが、それは長《なが》くは続《つづ》かなかった。

だって、莉麻《りま》を見《み》つめる明日菜《あすな》の目《め》。

「そこまで謝《あやま》るってことは、よっぽどあたしに対《たい》してひどいことをしたんだね」

莉麻《りま》は、息《いき》をのんだ。莉麻《りま》を見《み》つめる明日菜《あすな》の目《め》の、冷《つめ》たく、残酷《ざんこく》な光《ひかり》。

「なんであたしに、そんなひどいことをしたの？　あんたって、サイテー！」

そう言《い》うと、明日菜《あすな》は莉麻《りま》を突《つ》き飛《と》ばした。勢《いきお》い余《あま》って、莉麻《りま》は自分《じぶん》の机《つくえ》にぶつかり一緒《いっしょ》に倒《たお》れ込《こ》む。机《つくえ》の上《うえ》の花瓶《かびん》も倒《たお》れ、ガシャンと大《おお》きな音《おと》を立《た》てて割《わ》れた。キャーッ、と悲鳴《ひめい》が上《あ》がる。

どうして……？

分《わ》からない。何《なに》が起《お》こったの？　あたしは謝《あやま》った。なのに、なんで？

倒《たお》れ込《こ》んだ莉麻《りま》が明日菜《あすな》を見上《みあ》げる。莉麻《りま》を見下《みお》ろす、明日菜《あすな》の目《め》。

冷《つめ》たく暗《くら》い光《ひかり》を宿《やど》した、目《め》。

「そんなひどい人間《にんげん》だなんて、思《おも》わなかった」

そう言《い》って、明日菜《あすな》は莉麻《りま》を蹴《け》りつけた。

「ひどい、莉麻《りま》！　あんたって本当《ほんとう》にひどい人間《にんげん》だ！　ひどい、ひどい！」

何度《なんど》も何度《なんど》も、蹴《け》りつけてくる。

「ご、ごめんなさい……ごめんなさい……」

蹴《け》られているため、声《こえ》がひっくり返《かえ》る。それを聞《き》いて、明日菜《あすな》が大声《おおごえ》で笑《わら》い出《だ》した。

「何《なに》、あんたの声《こえ》！　潰《つぶ》れたカエルみたい！　おっかしい！　ねえ、みんな！」

明日菜《あすな》がクラスメート達《たち》を振《ふ》り返《かえ》る。黙《だま》って見《み》ていた、というより、目《め》の前《まえ》で起《お》きていることに言葉《ことば》を失《うしな》っていたクラスメート達《たち》は、明日菜《あすな》の言葉《ことば》にハッと我《われ》に返《かえ》ったようだった。戸惑《とまど》いを隠《かく》しきれない目《め》で、互《たが》いを見《み》つめ合《あ》う。そんな彼女達《かのじょたち》を、明日《あす》菜《な》はきつい眼差《まなざ》しで見《み》つめた。

「何《なに》？　こんなに面白《おもしろ》いものを見《み》せてやっているのに、なんでみんな笑《わら》わないの？」

あたしの思《おも》いやりをふいにするのか。罪《つみ》をとがめるような明日菜《あすな》の言葉《ことば》に、クラスメート達《たち》は慌《あわ》てて笑《わら》い声《ごえ》を上《あ》げた。

「ホ、ホント！　マジおっかしい！」

「莉麻《りま》って、やっぱ変《へん》だよね！」

ゲラゲラ教室《きょうしつ》が笑《わら》いに包《つつ》まれる。その声《こえ》に、始業《しぎょう》のチャイムが重《かさ》なった。

「あ、ヤバ。始《はじ》まる」

そう言《い》って自分《じぶん》の席《せき》に戻《もど》りがてら、明日菜《あすな》は床《ゆか》に置《お》かれた莉麻《りま》の手《て》を踏《ふ》みつけた。

「イタッ……」

「またカエルが鳴《な》いた〜。おっかしい〜！」

明日菜《あすな》が笑《わら》う。クラス中《じゅう》からも笑《わら》いが起《お》こる。明日菜《あすな》に後《おく》れを取《と》らないよう大慌《おおあわ》てで。

……どうして……？

ガタガタとクラス中《じゅう》が席《せき》に着《つ》く中《なか》、莉麻《りま》はノロノロと立《た》ち上《あ》がった。倒《たお》れた机《つくえ》を元《もと》に戻《もど》し、割《わ》れた花瓶《かびん》の欠片《かけら》を拾《ひろ》い上《あ》げる。そんな莉麻《りま》の姿《すがた》を見《み》ながら、明日菜《あすな》はクスクスと笑《わら》い続《つづ》けている。

あたし、謝《あやま》ったのに。

どうして、またこんなことになってしまったの？　謝《あやま》ったってことは、ひどいことをしたんだろうって。だからひどい人間《にんげん》だって。どうして？　あたし、何《なに》をしたの？　何《なに》をしたから、こんなふうにされてるの？

あたしが苦《くる》しいと、明日菜《あすな》が笑《わら》う。みんなも笑《わら》う。なんにも、何一《なにひと》つ、変《か》わらない。

やっと光《ひかり》が見《み》えたと思《おも》った莉麻《りま》の心《こころ》に、闇《やみ》が暗《くら》く深《ふか》まってくる。

あたし、もうずっとこのままなんだ。もうずっと、何《なに》をしても何《なに》を言《い》ってもずっと、ここから……この地獄《じごく》から、逃《に》げられないんだ。

泣《な》きたいのに、涙《なみだ》が出《で》ない。こんなに、苦《くる》しいくらい悲《かな》しいのに。叫《さけ》び出《だ》したいくらい、悲《かな》しいのに。

声《こえ》も、出《で》ない。

自分《じぶん》が壊《こわ》れてしまったみたいに、何《なに》も動《うご》かない。


「あんたみたいな裏口入学《うらぐちにゅうがく》は、どうせ勉強《べんきょう》なんてしないでしょ」

その日《ひ》の昼休《ひるやす》みのことだった。

裏口《うらぐち》、裏口《うらぐち》と言《い》い、笑《わら》いながら、明日菜《あすな》が莉麻《りま》の教科書《きょうかしょ》を引《ひ》き裂《さ》いた。

「やめて、やめて！」

莉麻《りま》は叫《さけ》び、明日菜《あすな》の手《て》から教科書《きょうかしょ》を取《と》り返《かえ》そうとするが、明日菜《あすな》はそんな莉麻《りま》のお腹《なか》を蹴《け》りつけた。

「ぐうっ」

足元《あしもと》に倒《たお》れ込《こ》んだ莉麻《りま》を踏《ふ》みつけて、明日菜《あすな》はみんなに笑顔《えがお》を向《む》けた。

「あはは、おっかしい！　ねえ、みんな！」

「うん、マジおかしい」

「あははは」

クラス中《じゅう》も莉麻《りま》を笑《わら》う。

莉麻《りま》はもうされるがままだった。

もう、何《なに》も変《か》わらない。何《なに》をどうしたって、変《か》えることなんて出来《でき》ないのだ。

やっと明日菜《あすな》が足《あし》をどけた。踊《おど》るような足取《あしど》りで明日菜《あすな》が行《い》ってしまったのを見届《みとど》けて、ノロノロと莉麻《りま》は立《た》ち上《あ》がった。制服《せいふく》に床《ゆか》の埃《ほこり》がびっしりと付《つ》いている。ポン、ポン、と払《はら》っていると、戻《もど》ってきた明日菜《あすな》が莉麻《りま》のその姿《すがた》を見《み》て、また笑《わら》い出《だ》した。

「やっだ、きったない！」

明日菜《あすな》が言《い》うと、みんなも笑《わら》い出《だ》す。その様子《ようす》を満足気《まんぞくげ》に見《み》て、明日菜《あすな》は莉麻《りま》の制《せい》服《ふく》の後《うし》ろ襟《えり》をグイとつかんだ。

「ほら、脱《ぬ》ぎなさいよ。きれいにしてあげる」

そう言《い》って、明日菜《あすな》は莉麻《りま》の制服《せいふく》のジャケットの前《まえ》ボタンを外《はず》し、腕《うで》を無理《むり》やり抜《ぬ》いた。そうしてジャケットを投《な》げ捨《す》てた。

「ああっ、何《なに》を……」

「言《い》ったでしょ？　きれいにしてあげるって」

笑《わら》いながら言《い》うと、明日菜《あすな》は莉麻《りま》の後《うし》ろに回《まわ》り込《こ》んだ。

何《なに》をするの……？

いぶかしむ莉麻《りま》の背中《せなか》に、ひんやりとしたものが当《あ》てられた。

「何《なに》っ……？」

慌《あわ》てて動《うご》こうとすると、明日菜《あすな》が莉麻《りま》の後頭部《こうとうぶ》を強《つよ》く殴《なぐ》りつけた。

「動《うご》くんじゃないよ！　書《か》けないでしょ!?」

書《か》く……？　嫌《いや》な予感《よかん》が莉麻《りま》の心《こころ》にうごめく。その背中《せなか》には、確《たし》かに字《じ》が書《か》かれていく感触《かんしょく》がはっきりと感《かん》じられた。その筆順《ひつじゅん》に、莉麻《りま》は血《ち》の気《け》が引《ひ》いた。

〈私《わたし》は裏口入学《うらぐちにゅうがく》しました〉

「やめて……！」

「言《い》われなくても、終《お》わったわよ～」

そう言《い》うと、明日菜《あすな》は莉麻《りま》の背中《せなか》から体《からだ》を離《はな》した。その手《て》には、油性《ゆせい》ペンが握《にぎ》られていた。

あれで書《か》いたの……？　莉《り》麻《ま》は呆《ぼう》然《ぜん》とした。そんな莉《り》麻《ま》の腕《うで》を取《と》り、明《あ》日《す》菜《な》は教室《きょうしつ》の出《で》入《い》り口《ぐち》へと引《ひ》きずっていく。

「せっかくきれいになったんだから、他《ほか》のクラスのみんなにも見《み》てもらわなきゃ！」

「いや……やめて……！」

こんな格好《かっこう》で……。裏口入学《うらぐちにゅうがく》なんて背中《せなか》に書《か》かれた姿《すがた》、見《み》られたくない。教室《きょうしつ》のドアにしがみつき、必死《ひっし》に抵抗《ていこう》する莉《り》麻《ま》を、明《あ》日《す》菜《な》が笑《わら》いながら引《ひ》きはがす。そうして、勢《いきお》いよく廊下《ろうか》に向《む》けて、押《お》し出《だ》した。

「きゃあっ」

いきなり転《ころ》がり出《で》てきた莉《り》麻《ま》に驚《おどろ》いた他《ほか》のクラスの生徒達《せいとたち》が、悲鳴《ひめい》を上《あ》げる。しかし彼女達《かのじょたち》は莉《り》麻《ま》の背中《せなか》を見《み》て、笑《わら》い出《だ》した。

「え、やだマジ……？」

「裏口《うらぐち》なんて、ヤバ」

彼女達《かのじょたち》の笑《わら》い声《ごえ》に他《ほか》の生徒達《せいとたち》も集《あつ》まってくる。莉《り》麻《ま》は慌《あわ》てて立《た》ち上《あ》がり、見《み》られないように背中《せなか》を壁《かべ》に付《つ》けた。しかし明日菜《あすな》が、そんな莉麻《りま》を突《つ》き飛《と》ばす。莉麻《りま》はまた廊下《ろうか》の床《ゆか》に転《ころ》がった。その姿《すがた》と背中《せなか》に書《か》かれた裏口《うらぐち》という文字《もじ》に、集《あつ》まって来《き》た生徒《せいと》達《たち》からも笑《わら》いが起《お》こる。

うずくまったままの背中《せなか》で、莉麻《りま》はみんなの笑《わら》い声《ごえ》を聞《き》いた。中《なか》でも一番大《いちばんおお》きく響《ひび》く、明日菜《あすな》の声《こえ》。

莉麻《りま》は、そのまま動《うご》くのをやめた。

嫌《いや》だと言《い》っても、聞《き》いてもらえない。やめてと言《い》っても、やめてもらえない。莉麻《りま》に許《ゆる》されているのは、ただ傷《きず》つけられて、その姿《すがた》を笑《わら》われるということだけだ。絶望《ぜつぼう》で胸《むね》が苦《くる》しくなる。

だから、動《うご》くのをやめる。手足《てあし》を動《うご》かすのも、何《なに》かを考《かんが》えることも。することは、一《ひと》つだけ。

早《はや》く今《いま》が過《す》ぎ去《さ》るのを待《ま》つこと。

笑《わら》い声《ごえ》が廊下《ろうか》に満《み》ちた時《とき》、授業《じゅぎょう》の始《はじ》まるチャイムが鳴《な》った。それを聞《き》いた生徒達《せいとたち》が、蜘蛛《くも》の子《こ》を散《ち》らすように、それぞれの教室《きょうしつ》に戻《もど》っていく。莉麻《りま》の耳元《みみもと》を、沢山《たくさん》の足音《あしおと》が通《とお》り過《す》ぎていく。

終《お》わった。

そう思《おも》った時《とき》、背中《せなか》に何《なに》かが掛《か》けられた。見《み》ると、制服《せいふく》のジャケットだった。

「ちゃんと着《き》なさいよ」

教室《きょうしつ》の出入《でい》り口《ぐち》で、笑《わら》いながら明日菜《あすな》が言《い》った。

ノロノロと上着《うわぎ》に袖《そで》を通《とお》しながら立《た》ち上《あ》がる。教室《きょうしつ》に入《はい》ると、何事《なにごと》もなかったようにみんなが席《せき》に着《つ》いている。そんな中《なか》、莉麻《りま》もみんなと同《おな》じように席《せき》に着《つ》いた。きっと教室《きょうしつ》に入《はい》ってきた教師《きょうし》は、莉麻《りま》が休《やす》み時間《じかん》にされた地獄《じごく》の拷問《ごうもん》のような仕打《しう》ちなど、想像《そうぞう》もしないだろう。

今《いま》のこの状態《じょうたい》をもう一度《いちど》瀬山先生《せやませんせい》に言《い》ったら、一体《いったい》なんと言《い》うだろう。

きっとまだ何《なに》か誤解《ごかい》があるだろうから、もう一度《いちど》謝《あやま》れと言《い》うだろうか。

それとも、謝《あやま》っても許《ゆる》してもらえないほどのひどいことをしたのだと、莉麻《りま》を責《せ》めるだろうか。

莉麻《りま》の気持《きも》ちなど、関係《かんけい》なしに。

こんなに、苦《くる》しいのに。辛《つら》くて辛《つら》くて、たまらないのに。

ひどい仕打《しう》ちはとがめられず、莉麻《りま》だけが罪《つみ》を重《おも》くされていく。

ガタガタッと周囲《しゅうい》が立《た》ち上《あ》がる。ハッと気《き》が付《つ》くと、地理教諭《ちりきょうゆ》の坂下先生《さかしたせんせい》が教壇《きょうだん》に立《た》っていた。莉麻《りま》も慌《あわ》てて立《た》ち上《あ》がり、「礼《れい》！」の言葉《ことば》で頭《あたま》を下《さ》げる。

「着席《ちゃくせき》！」

ガタガタとみんなが席《せき》に着《つ》く中《なか》、莉麻《りま》も座《すわ》ろうとした時《とき》、後《うし》ろに椅子《いす》がなかった。

ドンッと床《ゆか》に尻《しり》もちをつく。強《つよ》い痛《いた》みが尻《しり》から背中《せなか》を通《とお》って頭《あたま》まで来《く》る中《なか》、周《まわ》りは大笑《おおわら》いに包《つつ》まれた。坂下先生《さかしたせんせい》も笑《わら》いながら、

「おいおい、大丈夫《だいじょうぶ》か？」

「また、莉麻《りま》ったら～」

明日菜《あすな》の声《こえ》が響《ひび》く。

痛《いた》みを抱《かか》えたまま、莉麻《りま》は横《よこ》によけられていた椅子《いす》を元《もと》に戻《もど》し、座《すわ》り直《なお》した。

心《こころ》の中《なか》で叫《さけ》ぶ。

もう、笑《わら》わないで。

おかしくなんてない。痛《いた》いんだよ。すごく。

すごく、すごく、痛《いた》いんだよ……。


母《はは》に見《み》つからないように持《も》ってきたスーパーのレジ袋《ぶくろ》に、油性《ゆせい》ペンで書《か》かれたブラウスを入《い》れ、口《くち》を縛《しば》る。中身《なかみ》が見《み》えないようにもう一枚《いちまい》レジ袋《ぶくろ》を重《かさ》ね、本当《ほんとう》に見《み》えないかを確認《かくにん》してから、クローゼットの中《なか》を見回《みまわ》す。使《つか》わないボストンバッグを引《ひ》っ張《ぱ》り出《だ》し、その中《なか》にレジ袋《ぶくろ》を入《い》れ、クローゼットに戻《もど》す。一仕事《ひとしごと》終《お》え、莉麻《りま》はようやく息《いき》をつけた。

家《いえ》に帰《かえ》ってから、自分《じぶん》の部屋《へや》に直行《ちょっこう》し、なんとか母《はは》にはブラウスのいたずら書《が》きを見《み》つからずにすんでいる。

このまま、知《し》られたくない。母《はは》には、絶対《ぜったい》に。

憧《あこが》れの学校《がっこう》に入学《にゅうがく》し、楽《たの》しく通《かよ》っていることに安心《あんしん》している母《はは》に、絶対心配《ぜったいしんぱい》をかけたくない。

「莉麻《りま》ー、マカロニサラダ作《つく》るの、手伝《てつだ》ってー」

「はーい」

キッチンからの母《はは》の声《こえ》に、いつも通《どお》りの元気《げんき》な声《こえ》で答《こた》える。部屋《へや》を出《で》ようとして、壁《かべ》に掛《か》けた鏡《かがみ》を見《み》てギョッとした。顔色《かおいろ》が、死人《しにん》のように蒼《あお》い。

莉麻《りま》は慌《あわ》てて両手《りょうて》で頰《ほお》をこすった。痛《いた》くなるほどこすり続《つづ》けると、なんとか血《ち》の気《け》が戻《もど》る。ホッとして莉麻《りま》は部屋《へや》を出《で》た。

「ね~莉麻《りま》ちゃん、明日何着《あしたなにき》ていけばいいと思《おも》う~?」

ゆでたマカロニにオリーブオイルを和《あ》えながら、母《はは》は言《い》った。

「何着《なにき》ていくって、どこに?」

ゆで卵《たまご》をむきながら莉麻《りま》が訊《き》くと、母《はは》は楽《たの》しそうに笑《わら》った。

「何《なに》って、学校《がっこう》よ! 明日《あした》、授業参観《じゅぎょうさんかん》じゃない!」

莉麻《りま》は思《おも》わず手《て》にしていたゆで卵《たまご》を落《お》としそうになった。授業参観《じゅぎょうさんかん》……?

「学校《がっこう》……来《く》るの?」

「そうよ~」

ウキウキと歌《うた》うように母《はは》が言《い》う。

「楽《たの》しみにしてたのよ～。莉《り》麻《ま》が憧《あこが》れてた学校《がっこう》で授業《じゅぎょう》受《う》けてる姿《すがた》が見《み》られるなんて、すっごく嬉《うれ》しいわ、ママ。何着《なにき》ていこう？　小学校《しょうがっこう》みたいに、ジーンズっていうわけにはいかないわよね？」

莉《り》麻《ま》は母《はは》の問《と》いに答《こた》えることが出来《でき》なかった。こんなにキラキラと目《め》を輝《かがや》かせる母《はは》に、なんと答《こた》えればいい？

来《き》てほしくない。あたしがいじめられるところを、見《み》られたくない。でもそんなこと、どう言《い》って説明出来《せつめいでき》る……？

「莉《り》麻《ま》？　どうしたの？」

母《はは》の声《こえ》に、ハッと我《われ》に返《かえ》る。また顔《かお》が蒼《あお》ざめていたのか、莉《り》麻《ま》を見《み》つめる母《はは》の目《め》は心配《しんぱい》に満《み》ちている。ダメだ、ママにこんな目《め》をさせちゃ……。莉《り》麻《ま》は、無《む》理《り》やり口《くち》の端《はし》を上《あ》げて、笑顔《えがお》を作《つく》ってみせた。

「う……うん、うんと……やっぱ、スカートがいいんじゃないかな」

「そう？」

言《い》いながら、母《はは》は莉《り》麻《ま》の顔《かお》を見《み》つめ続《つづ》けている。そしてふっと眉《まゆ》を曇《くも》らせ、

「莉麻《りま》、学校《がっこう》で、何《なに》かあった？」

母《はは》の言葉《ことば》に、莉麻《りま》は心臓《しんぞう》が飛《と》び出《だ》しそうになるほど驚《おどろ》いた。

「えっ……？」

「何《なに》かあったんじゃないの？　ママに何《なに》か隠《かく》してない？」

「ま……まさか。隠《かく》すって、何《なに》を？」

心臓《しんぞう》がバクバクと高鳴《たかな》る。ばれちゃいけない。ばれちゃいけない。ばれちゃいけない……！

「あ……えとね……」

声《こえ》が喉《のど》に貼《は》り付《つ》く。鼓動《こどう》が速《はや》まり、喉《のど》がカラカラに渇《かわ》きながら、莉麻《りま》は必死《ひっし》に考《かんが》えを巡《めぐ》らせた。いじめられていることがばれない言《い》い訳《わけ》。疑《うたが》われない理由《りゆう》。

「あの……実《じつ》はね……苦手教科《にがてきょうか》ばっかりなんだ。明日《あした》」

「え」

「あの……苦手《にがて》なの。数学《すうがく》とか、英語《えいご》とか……。授業中《じゅぎょうちゅう》、手挙《てあ》げたこと、一回《いっかい》もなくて……」

「あら、そうなの？」

「そんなとこ……ママに、見《み》られたくないなって……」

「やだ、莉麻《りま》ったら。そんなこと考《かんが》えてたの？」

ホッとしたよう表情《ひょうじょう》を緩《ゆる》め、母《はは》は笑《わら》い出《だ》した。

莉麻《りま》もゆで卵《たまご》をむきながら笑《わら》った。来《こ》ないでなんて、言《い》えない。こんなに楽《たの》しみにしてくれている母《はは》に、言《い》えるはずがない。

色々《いろいろ》な可能性《かのうせい》を考《かんが》える。ひょっとしたら、明日菜《あすな》は授業参観《じゅぎょうさんかん》の時《とき》は、いじめを仕掛《しか》けてこないのではないか。だって明日菜《あすな》は、何《なに》かを仕掛《しか》ける時《とき》、絶対大人《ぜったいおとな》にはばれないようにする。授業参観《じゅぎょうさんかん》なんて、沢山《たくさん》の大人《おとな》が監視《かんし》するような行事《ぎょうじ》ではないか。

「やっぱり、紺色《こんいろ》の服《ふく》がいいわよね～」

ニコニコしながらキュウリを塩《しお》もみする母《はは》に、莉麻《りま》も微笑《ほほえ》み返《かえ》す。吐《は》きそうなほど緊張《きんちょう》し、ドキドキと怯《おび》えながら。どうかばれませんようにと、祈《いの》りにも似《に》た願《ねが》いを何《なん》度《ど》も唱《とな》えながら。

翌日《よくじつ》。

朝《あさ》、いつもなら登校《とうこう》すると、何《なに》かしら仕掛《しか》けられ、嘲《あざけ》るような笑《わら》いに包《つつ》まれる教室《きょうしつ》が、莉麻《りま》が入《はい》っても凪《な》いだような穏《おだ》やかさに包《つつ》まれていた。

どうしたんだろう……見回《みまわ》すと、すぐに分《わ》かった。まだ授業開始前《じゅぎょうかいしまえ》であるにも関《かか》わらず、もう数人《すうにん》の保護者《ほごしゃ》が教室《きょうしつ》の後《うし》ろに立《た》っている。それだけで、クラスの生徒達《せいとたち》が借《か》りてきた猫《ねこ》のように大人《おとな》しくなっている。

莉麻《りま》は心《こころ》の底《そこ》から安心《あんしん》した。これなら、今日《きょう》は大丈夫《だいじょうぶ》。絶対《ぜったい》、ばれない。

朝《あさ》のホームルームの頃《ころ》には教室《きょうしつ》の後《うし》ろの方《ほう》は保護者《ほごしゃ》でいっぱいになり、授業《じゅぎょう》が始《はじ》まると廊下《ろうか》まであふれるくらいになった。

ホームルームも授業《じゅぎょう》もつつがなく進《すす》む。こんなに落《お》ち着《つ》いた気持《きも》ちで授業《じゅぎょう》を受《う》けられるのは、どのくらいぶりだろうか。

明日菜《あすな》からは、何《なに》かを仕掛《しか》けるような気配《けはい》もない。いつもの真《ま》っ黒《くろ》な悪意《あくい》が、全《まった》く感《かん》じられない。

一体《いったい》、何《なに》を考《かんが》えているのか。莉麻《りま》はそっと明日菜《あすな》の方《ほう》を盗《ぬす》み見《み》た。

明日菜《あすな》は、無言《むごん》で教科書《きょうかしょ》に目《め》を落《お》としている。その姿《すがた》に、莉麻《りま》は違和感《いわかん》を覚《おぼ》えた。

いつもと、何《なに》かが違《ちが》う。何《なに》？　明日菜《あすな》の……。

明日菜《あすな》の、目《め》。

いつもどこかで他人《たにん》を威嚇《いかく》し、嘲《あざけ》り、脅《おど》すような目《め》が、まるで何《なに》かに怯《おび》えているように、オドオドと落《お》ち着《つ》きがない。

莉麻《りま》が見《み》つめていると、フッと明日菜《あすな》が顔《かお》を上《あ》げ、莉麻《りま》と目《め》が合《あ》った。その瞬間《しゅんかん》、まるで弾《はじ》かれたように明日菜《あすな》の目《め》にいつもの光《ひかり》が戻《もど》る。莉麻《りま》は急《いそ》いで前《まえ》を向《む》き直《なお》った。

明日菜《あすな》がいつもと違《ちが》うなんて、気《き》のせいだ。またいじめが始《はじ》まらないようにしなくては。莉麻《りま》は体《からだ》を強張《こわば》らせ、ひたすら明日菜《あすな》が視線《しせん》を外《はず》すことを祈《いの》った。

チャイムが鳴《な》り、休《やす》み時間《じかん》に入《はい》る。

教師《きょうし》が出《で》ていき、生徒達《せいとたち》がガタガタと立《た》ち上《あ》がる。

「ねえ、お母《かあ》さん来《き》てる？」

「あ、あれ、はっちゃんのお母《かあ》さん？」

「お母《かあ》さん、忘《わす》れた英語《えいご》の辞書《じしょ》、持《も》ってきてくれた？」

友達同士《ともだちどうし》で固《かた》まる者《もの》、母親《ははおや》に寄《よ》っていく者《もの》、それぞれの中《なか》、

「莉麻《りま》！」

莉麻《りま》の母《はは》が、教室《きょうしつ》の出入《でい》り口《ぐち》で手《て》を振《ふ》っていた。昨日散々悩《きのうさんざんなや》んでいた服《ふく》は、結局白《けっきょくしろ》のブラウスと紺《こん》のフレアスカートに落《お》ち着《つ》いていた。他《ほか》の保護者《ほごしゃ》も似《に》たような格好《かっこう》だったので、全《まった》く浮《う》いていない。そのことに莉麻《りま》もホッとして、母《はは》の方《ほう》に足《あし》を向《む》けた。

「すごいね、一時間目《いちじかんめ》に間《ま》に合《あ》うようにと思《おも》ってきたら、もう教室《きょうしつ》いっぱいで入《はい》れなかったわ」

笑顔《えがお》で母《はは》が話《はな》しかけてくる。周囲《しゅうい》の生徒達《せいとたち》が、チラチラと莉麻《りま》と母《はは》を見《み》ている。いつも惨《みじ》めにいじめられている者《もの》とその母《はは》、という目《め》で見《み》ているのだろうか。莉麻《りま》は居《い》心地《ごこち》の悪《わる》さを感《かん》じて、母《はは》の顔《かお》がまっすぐ見《み》られない。しかしクラスの様子《ようす》が気《き》になる母《はは》はそんなことに気付《きづ》かず、ワクワクしたように莉麻《りま》に言《い》った。

「ねえ、明日菜《あすな》ちゃんて、どの子《こ》？」

「え」

ドキン、と心臓《しんぞう》が大《おお》きく鳴《な》った。

明日菜《あすな》？　心臓《しんぞう》の高《たか》まりがどんどん速《はや》くなっていく。なんで？　なんで、明日菜《あすな》？

「明日菜《あすな》ちゃん、仲良《なかよ》くなったんでしょ？　ごあいさつしたいのよ。紹介《しょうかい》してよ」

「え……」

でも、と言《い》いたいけれど、言《い》えない。何《なに》も知《し》らない母《はは》の中《なか》では、明日菜《あすな》は今《いま》でも莉《り》麻《ま》が一番仲良《いちばんなかよ》くしたかった子《こ》なのだ。

呼《よ》びたくない。いつもいじめられ、苦《くる》しめられ、吐《は》きそうになるほど怖《こわ》い存在《そんざい》の明《あ》日菜《すな》なんて。

莉麻《りま》は教室《きょうしつ》を振《ふ》り返《かえ》った。でも、母《はは》にそんなこと、知《し》られるわけにはいかない。

莉麻は教室を見回った。そして明日菜を探し出す。意外にも簡単だった。いつもクラスメート達《たち》に囲《かこ》まれている明日菜《あすな》が、今日《きょう》は一人《ひとり》で座《すわ》っている。莉麻《りま》は苦《くる》しい気《き》持《も》ちを振《ふ》り絞《しぼ》るようにして、「明日菜《あすな》ちゃん」と呼《よ》んだ。

明日菜《あすな》がこちらを見《み》る。それを見《み》て、母《はは》は嬉《うれ》しそうに「あの子《こ》？」と言《い》うと、明日《あす》菜《な》に向《む》かって足取《あしど》り軽《かる》く歩《あゆ》み寄《よ》っていった。

「あなたが明日菜《あすな》ちゃん？　莉麻《りま》の母《はは》です」

「えっ……」

いきなり莉麻《りま》の母《はは》に話《はな》しかけられ、明日菜《あすな》は面食《めんく》らったように目《め》を見開《みひら》いた。そんな明日菜《あすな》に、莉麻《りま》の母《はは》は朗《ほが》らかに笑《わら》いかけた。

「いつも莉麻《りま》と仲良《なかよ》くしてくれているんでしょう？　ありがとう。莉麻《りま》から明日菜《あすな》ちゃんと仲良《なかよ》くなったって聞《き》いて、ごあいさつしたかったの。すごくしっかりしているって聞《き》いてるわ。そんな子《こ》と仲良《なかよ》くなれるなんて、おばさんすごく安心《あんしん》で。莉麻《りま》はほら、のんびりしたところがあるから。ちょっとテンポがずれるかもしれないけど、これからも仲良《なかよ》くしてね」

「……はあ……はい」

「ありがとう。同《おな》じ小学校《しょうがっこう》だったし、おうち近《ちか》いのよね？　今度遊《こんどあそ》びにきてね」

そう言《い》うと、莉麻《りま》の母《はは》はポンポンと明日菜《あすな》の腕《うで》を優《やさ》しく叩《たた》いた。

そうして「これからもよろしくね」と言《い》うと、莉麻《りま》の方《ほう》に戻《もど》った。

「良《よ》かった、明日菜《あすな》ちゃんとあいさつ出来《でき》て。ちょっとママ、他《ほか》のクラスも見《み》てくるから」

「そうなの？」

「莉麻《りま》の苦手《にがて》な英語《えいご》と数学《すうがく》、見《み》ないでおいてあげるよ。でも分《わ》かんないとこは、ちゃんと先生《せんせい》に質問《しつもん》して理解《りかい》するようにするのよ」

そう言《い》って、母《はは》は莉麻《りま》の頭《あたま》をポンポンと叩《たた》いた。そして「頑張《がんば》ってね」と言《い》うと笑顔《えがお》で手《て》を振《ふ》り、教室《きょうしつ》を出《で》ていった。

思《おも》わず、ホッとため息《いき》が出《で》た。なんとか、母《はは》にいじめられているところは見《み》られずにすんだ。何一《なにひと》つ、気付《きづ》かれずにすんだ。

明日菜《あすな》と、話《はな》したのに。

明日菜《あすな》は、何《なに》を思《おも》っただろう。仲良《なかよ》くしてくれてありがとうと言《い》われて。これからも仲良《なかよ》くしてね、と言《い》われて。

莉麻《りま》の母《はは》に対《たい》して、バァカ、と思《おも》ったか。能天気《のうてんき》なおめでたいヤツ、と思《おも》ったか。

気持《きも》ちが重《おも》くなる。母《はは》の真心《まごころ》も、明日菜《あすな》にとっては嘲《あざけ》りの対象《たいしょう》にしかならないとしたら、母《はは》に対《たい》してあまりに申《もう》し訳《わけ》なくて、悲《かな》しくなる。あたしみたいな笑《わら》いものにしかなれない娘《むすめ》のせいで、優《やさ》しい母《はは》がそんなふうに思《おも》われたら……思《おも》わず涙《なみだ》がこみあげる。こぼれ落《お》ちるのを必死《ひっし》にこらえている時《とき》、

「なんなの、これは」

キンッ、と耳《みみ》を突《つ》くような声《こえ》が、教室《きょうしつ》に響《ひび》いた。教室《きょうしつ》にいた生徒《せいと》と保護者《ほごしゃ》が、一斉《いっせい》に声《こえ》の主《ぬし》の方《ほう》に目《め》を向《む》けた。そこにいたのは、紺《こん》のスーツに身《み》を包《つつ》んだ女性《じょせい》と、その傍《かたわ》らに立《た》つ明日菜《あすな》だった。二人《ふたり》の前《まえ》には、掲示板《けいじばん》に貼《は》られたグラフがあった。

星園《ほしぞの》は一人一人《ひとりひとり》の英語《えいご》のスペリングテストの得点《とくてん》を棒《ぼう》グラフにして貼《は》り出《だ》している。今《いま》のトップは、毎回満点《まいかいまんてん》を取《と》っている佐子《さこ》だった。佐子《さこ》は帰国子女《きこくしじょ》で、英検二級《えいけんにきゅう》も持《も》っている。そしてその次《つぎ》についているのが、明日菜《あすな》。一回《いっかい》だけミスをしたことがあり、佐子《さこ》にほんの少《すこ》しだけ後《おく》れを取《と》っているが、それでも二人《ふたり》はぶっちぎりのトップだ。

そのグラフを前《まえ》に、明日菜《あすな》はうなだれていた。

「……ごめんなさい、お母《かあ》さん」

明日菜《あすな》が言《い》うが、母《はは》はそちらを見《み》ることもなく、冷《つめ》たい眼差《まなざ》しをグラフに注《そそ》いだまま言《い》った。

「こんなレベルの学校《がっこう》でトップに立《た》てないなんて、あんたはどこまでクズなの？　何《なに》やってんのよ。さっきの授業《じゅぎょう》だって、百人一首《ひゃくにんいっしゅ》なんて、小学校《しょうがっこう》の時《とき》覚《おぼ》えたはずでしよ？　なんで先生《せんせい》の質問《しつもん》に、手《て》を挙《あ》げないの？　もう忘《わす》れたの？　ここのレベルなら、なんでも完璧《かんぺき》に出来《でき》てないと、困《こま》るの誰《だれ》よ？」

「……自分《じぶん》」

「分《わ》かってるなら、ちゃんと勉強《べんきょう》しなさいよ！　どこまであたしを落胆《らくたん》させれば気《き》がすむの？　あんたもこんなレベルに落《お》ちるなんて、一番恐《いちばんおそ》れていたことになって。あんた、どこまでクズなのよ。一体《いったい》、どうするつもりなの！」

「頑張《がんば》るから。あたし、頑張《がんば》るから」

「当《あ》たり前《まえ》でしょう！」

吐《は》き捨《す》てるように言《い》うと、明日菜《あすな》の母《はは》は明日菜《あすな》を押《お》しのけるようにして、教室《きょうしつ》の出入《でい》り口《ぐち》に大股《おおまた》で歩《ある》いてきた。その勢《いきお》いに、周《まわ》りにいた生徒《せいと》や保護者《ほごしゃ》は思《おも》わず道《みち》を空《あ》ける。戸口《とぐち》にいた莉麻《りま》もそこをどくと、明日菜《あすな》の母《はは》はじろりと冷《つめ》たい視線《しせん》を投《な》げつけ、何《なに》も言《い》わず教室《きょうしつ》から出《で》ていった。

明日菜《あすな》の母《はは》が出《で》ていった後《あと》、教室《きょうしつ》は重苦《おもくる》しい空気《くうき》に包《つつ》まれた。生徒達《せいとたち》が黙《だま》りこくる中《なか》、保護者達《ほごしゃたち》の声《こえ》を潜《ひそ》めたヒソヒソ話《ばなし》が妙《みょう》に響《ひび》く。

「こんなレベルって、何《なに》あの人《ひと》」

「御三家落《ごさんけお》ちたんでしょ。でもあんな言《い》い方《かた》されたら、子供《こども》がかわいそうよね」

「ねえ」

かわいそう。明日菜《あすな》に注《そそ》がれるみんなの目《め》が、そう言《い》っている。

かわいそうな、明日菜《あすな》。

そんな視線《しせん》の中《なか》、独《ひと》り残《のこ》された明日菜《あすな》は、じっとうつむいて動《うご》かない。頬《ほお》にかかる髪《かみ》のせいで、表情《ひょうじょう》が分《わ》からない。歯《は》を食《く》いしばっているのか、泣《な》いているのか……ただ明日菜《あすな》は、みんなの視線《しせん》の中《なか》、じっと立《た》ち尽《つ》くしていた。

五

授業参観《じゅぎょうさんかん》の翌日《よくじつ》。

朝《あさ》の教室《きょうしつ》は、ザワザワと穏《おだ》やかではない雰囲気《ふんいき》に包《つつ》まれていた。

登校《とうこう》した莉麻《りま》は今日《きょう》も見向《みむ》きもされず、教室《きょうしつ》の後《うし》ろの方《ほう》に生徒達《せいとたち》は固《かた》まっている。

そこの掲示板《けいじばん》をみんなで見《み》ているようだ。何《なに》を見《み》ているのか莉麻《りま》も気《き》になったが、せっかく自分《じぶん》が標的《ひょうてき》になっていない状態《じょうたい》なのにわざわざみんなの中《なか》に入《はい》っていくのは怖《こわ》いので、遠《とお》くから様子《ようす》を覗《のぞ》く。みんなの頭越《あたまご》しに、チラチラと掲示板《けいじばん》の様子《ようす》がうかがえた中《なか》、莉麻《りま》はある一点《いってん》にハッとした。

掲示物《けいじぶつ》が、破《やぶ》かれている。

英語《えいご》のスペリングテストの得点結果《とくてんけっか》の、棒《ぼう》グラフの掲示《けいじ》が。

これは……。

「これってさ……」

「うん……」

クラスメート達《たち》が、ヒソヒソと話《はな》す。みんなはっきりと最後《さいご》まで言《い》わないが、全《すべ》てが伝《つた》わっているようだった。そこへ、「先生《せんせい》、これです！　見《み》て下《くだ》さい！」と、バタバタと走《はし》ってくる足音《あしおと》と共《とも》に声《こえ》が聞《き》こえた。

「あらっ……なんで、こんな……」

教室《きょうしつ》に入《はい》ってきた瀬山先生《せやませんせい》が眉《まゆ》をひそめる。その傍《かたわ》らには、明日菜《あすな》が立《た》っていた。明日菜《あすな》が瀬山先生《せやませんせい》を連《つ》れてきたらしく、少《すこ》し息《いき》が上《あ》がり、頬《ほお》が紅潮《こうちょう》している。昨日《きのう》と打《う》って変《か》わり、瞳《ひとみ》が強《つよ》い光《ひかり》をはなち輝《かがや》いている。

「あたし、一番早《いちばんはや》く登校《とうこう》したんです。そうしたら、こんなになっていて。こんなことするの、このクラスの人《ひと》しかいないと思《おも》います」

明日菜《あすな》の言葉《ことば》に、その場《ば》にいた全員《ぜんいん》が目《め》を見開《みひら》いた。それを見《み》て、明日菜《あすな》がうっすらと笑《わら》う。そして、視線《しせん》を莉麻《りま》に向《む》けた。

違《ちが》う……！

確《たし》かにテストの結果《けっか》は悪《わる》かった。でも間違《まちが》えたところは覚《おぼ》え直《なお》し、今《いま》はしっかりスペリングを書《か》けるようになっている。結果《けっか》などになんのこだわりも、持《も》っていない。

そう言《い》おうとした時《とき》、瀬山先生《せやませんせい》が生徒達《せいとたち》を見回《みまわ》して言《い》った。

「犯人探《はんにんさが》しなどしても、意味《いみ》がないでしょう」

瀬山先生《せやませんせい》の言葉《ことば》に、明日菜《あすな》が「え」と言《い》った。そんな明日菜《あすな》をちらりと見《み》てから、瀬山先生《せやませんせい》は再《ふたた》び生徒達《せいとたち》に目《め》を向《む》けた。

「この中《なか》にこんなことをした人《ひと》がいるとは思《おも》いたくありません。でも、もしいるとしたら、これだけは覚《おぼ》えていて。これは、みんなが一生懸命勉強《いっしょうけんめいべんきょう》した結果《けっか》です。不満足《ふまんぞく》な人《ひと》もいるでしょうが、コツコツとやってこのグラフを伸《の》ばしていくことに喜《よろこ》びを見《み》出《いだ》している人《ひと》もいます。こんなことをした人《ひと》は、誰《だれ》かの喜《よろこ》びを奪《うば》い、台《だい》なしにしたんです。それがどういうことか、よくみんなに考《かんが》えてほしいと思《おも》います」

瀬山先生《せやませんせい》の言葉《ことば》を、生徒達《せいとたち》は神妙《しんみょう》な面持《おもも》ちで聞《き》いていた。ただ一人《ひとり》を除《のぞ》いて。

明日菜《あすな》は、明《あき》らかに不満気《ふまんげ》な顔《かお》をしている。

そんな明日菜《あすな》に気付《きづ》いていないのか、瀬山先生《せやませんせい》は気持《きも》ちを取《と》り直《なお》すように笑顔《えがお》を作《つく》り、破《やぶ》かれた棒《ぼう》グラフを掲示板《けいじばん》から外《はず》した。

「英語《えいご》の先生《せんせい》には、私《わたし》から事情《じじょう》を話《はな》してもう一度《いちど》棒《ぼう》グラフを作《つく》っていただきます。さあ、もう朝《あさ》のホームルームを始《はじ》めましょう。みんな、席《せき》に着《つ》いて」

ガタガタとみんなが席《せき》に着《つ》く。席《せき》に着《つ》きながらふと見《み》えた明日菜《あすな》の表情《ひょうじょう》に、莉麻《りま》は息《いき》をのんだ。

明日菜《あすな》の表情《ひょうじょう》は、まるで悪魔《あくま》がとりついたかのように、引《ひ》きつり強張《こわば》っていた。

そして、昼休《ひるやす》みのことだった。

「あっははは！　何《なに》、その顔《かお》！」

明日菜《あすな》の笑《わら》い声《ごえ》が響《ひび》き渡《わた》る。その笑《わら》い声《ごえ》を聞《き》きながら、莉麻《りま》は蒼白《そうはく》になっていた。

「やめて、もうやめて！」

莉麻《りま》が叫《さけ》ぶように訴《うった》えるが、明日菜《あすな》はそんな莉麻《りま》の頭《あたま》をグイグイと教室《きょうしつ》のベランダの柵《さく》に押《お》し付《つ》けようとする。そこには、毛虫《けむし》の死《し》がいが置《お》かれていた。そして莉麻《りま》の足元《あしもと》には、中身《なかみ》が散《ち》らばったお弁当箱《べんとうばこ》が落《お》ちている。明日菜《あすな》は莉麻《りま》の頭《あたま》を力任《ちからまか》せに毛《け》虫《むし》に押《お》し付《つ》けながら言《い》った。

「お弁当落《べんとうお》として食《た》べる物《もの》がないから、これ食《た》べさせてあげるって言《い》ってるのに、なんで嫌《いや》がるのー？　虫《むし》は最高《さいこう》のタンパク質《しつ》なのよ。ほら、食《た》べなよー！」

お弁当《べんとう》を落《お》として食《た》べられなくしたのは明日菜《あすな》だ。そのうえ、毛虫《けむし》を食《た》べさせようとするなんて。

「いやあ、やめてえっ！」

「ははは、おっかしい！　あんたの顔《かお》、マジ受《う》けるー！　ねえ、みんな！」

明日菜《あすな》が教室《きょうしつ》の中《なか》に笑《わら》いかける。クラスメート達《たち》は慌《あわ》てて強張《こわば》った笑顔《えがお》を作《つく》り、すぐに自分達《じぶんたち》のお弁当《べんとう》に向《む》き直《なお》った。

クラスメート達《たち》からは、「莉麻《りま》ったら～」というような言葉《ことば》は、聞《き》かれない。もうクラスのみんなは、明日菜《あすな》のすることに笑《わら》えなくなっていた。いじられキャラというレベルは、とっくに超《こ》えている。明日菜《あすな》が莉麻《りま》に近《ちか》づくだけで、クラスメート達《たち》は目《め》を背《そむ》けるようになった。

それくらい、最近《さいきん》の明日菜《あすな》の莉麻《りま》へのいじめはエスカレートしていた。

「やだあっ」

莉麻《りま》の声《こえ》が悲鳴《ひめい》に変《か》わる。その時何《ときなに》が行《おこな》われているか誰《だれ》も見《み》る勇気《ゆうき》を持《も》てなかった。

お弁当《べんとう》に向《む》かいながらも食《た》べている生徒《せいと》は一人《ひとり》もいない。みんな、グッと目《め》を閉《と》じて体《からだ》を強張《こわば》らせていた。


〈私《わたし》について〉という作文《さくぶん》が、宿題《しゅくだい》に出《だ》された。

一年生全員《いちねんせいぜんいん》の課題《かだい》で、優秀作品《ゆうしゅうさくひん》は全国《ぜんこく》コンクールに出《だ》すという。星園《ほしぞの》からは毎年《まいとし》そのコンクールに入賞者《にゅうしょうしゃ》を出《だ》しているため、学校《がっこう》としても力《ちから》を入《い》れていた。

〈私《わたし》について〉

今《いま》の莉麻《りま》にはとても向《む》き合《あ》いたくないテーマだった。

私《わたし》なんて、存在価値《そんざいかち》のない人間《にんげん》なのだから。何《なに》を書《か》けばいいのか。いじめられるだけ、笑《わら》われるだけで、他《ほか》に生《い》きる意味《いみ》を持《も》たない人間《にんげん》が、一体何《いったいなに》を書《か》けばいいのだ。

莉麻《りま》は部屋《へや》で勉強机《べんきょうづくえ》に向《む》かい、原稿用紙《げんこうようし》を広《ひろ》げたものの、自分《じぶん》の惨《みじ》めさに、絶望《ぜつぼう》した。

書《か》くことなんて、なんにもない。

「あら、作文《さくぶん》の宿題《しゅくだい》？　へ～、〈私《わたし》について〉か」

いきなり背後《はいご》から声《こえ》がして、莉麻《りま》はビクリとした。そんな莉麻《りま》の前《まえ》にカフェオレの入《はい》ったカップを置《お》きながら、母《はは》が笑顔《えがお》で言《い》った。

「なんて書《か》くの？　莉麻《りま》は、自分《じぶん》のことどんなイメージ？」

「……うん……」

言葉《ことば》には出来《でき》ない。当《あ》てはまる言葉《ことば》もない、そんな自分《じぶん》。

「莉麻《りま》はねえ、そうねえ。ちっちゃい頃《ころ》から、なんでも出来《でき》るのが遅《おそ》かったんだよね。他《ほか》の子《こ》に比《くら》べて、ハイハイも、歩《ある》くのも、喋《しゃべ》るのも」

原稿用紙《げんこうようし》を見下《みお》ろしながら、母《はは》が言《い》った。何度《なんど》も聞《き》いたことがあることだったが、今《いま》はその過去《かこ》が突《つ》き刺《さ》さる。何《なに》をしても笑《わら》われる自分《じぶん》は、小《ちい》さい頃《ころ》からその種《たね》を持《も》っていたのか。いじめられるために、ここまで大《おお》きくなったというのか。

莉麻《りま》は苦《くる》しくなって眉《まゆ》をひそめた。しかし、母《はは》は笑顔《えがお》で続《つづ》けた。

「だからねえ、ママは莉麻《りま》が一《ひと》つ一《ひと》つ出来《でき》るようになった時《とき》、すごく嬉《うれ》しかった。この子《こ》はママ達《たち》に喜《よろこ》びを与《あた》えてくれるために生《う》まれてきてくれたんだって思《おも》ったよ」

「え」

「ママとパパの喜《よろこ》び。それが、莉麻《りま》よ」

そう言《い》って母《はは》はポンポンと莉麻《りま》の頭《あたま》を優《やさ》しく叩《たた》いた。そして「頑張《がんば》ってね」と言《い》い置《お》いて、莉麻《りま》の部屋《へや》から出《で》ていった。

あたしは、ママとパパの喜《よろこ》び……。莉麻《りま》の真《ま》っ暗《くら》だった心《こころ》に、温《あたた》かい明《あ》かりが灯《とも》る。

あたしには、生《い》きる意味《いみ》がある。ちゃんと、価値《かち》がある。

原稿用紙《げんこうようし》の上《うえ》に、ポタポタと涙《なみだ》がこぼれ落《お》ちた。慌《あわ》ててそれを拭《ふ》き、莉麻《りま》は原稿用《げんこうよう》紙《し》に文字《もじ》を書《か》き始《はじ》めた。


「莉麻《りま》ぁ」

課題作文《かだいさくぶん》の提出日《ていしゅつび》の朝《あさ》。登校《とうこう》し教室《きょうしつ》に入《はい》るとすぐ、待《ま》ち構《かま》えていたように明日菜《あすな》が莉麻《りま》のところにやってきた。

「宿題《しゅくだい》、ちゃんとやってきた？」

笑顔《えがお》だが、目《め》が笑《わら》っていない。相変《あいか》わらず冷《つめ》たい明日菜《あすな》の表情《ひょうじょう》に、莉麻《りま》は怯《おび》えなが

ら小《ちい》さくうなずいた。すると明日菜《あすな》は莉麻《りま》のスクールバッグをいきなり奪《うば》い、

「じゃあ、添削《てんさく》してあげる」

「い、いいよ。返《かえ》してよ」

「何言《なにい》ってんの。頭《あたま》の悪《わる》いあんたのために、ちゃんと読《よ》める作文《さくぶん》に直《なお》してあげるって言《い》ってるのよ」

そう言《い》って、明日菜《あすな》はバッグから作文用紙《さくぶんようし》を取《と》り出《だ》し、いきなりそれを引《ひ》き裂《さ》いた。

「何《なに》するの⁉」

「読《よ》む価値《かち》もないでしょ、あんたの作文《さくぶん》なんか」

「やめて、やめてよ！」

莉麻《りま》はなんとか明日菜《あすな》の手《て》から作文用紙《さくぶんようし》を取《と》り返《かえ》そうとした。あの作文《さくぶん》は、父《ちち》と母《はは》に愛《あい》されているということを確《たし》かめ、生《い》きる価値《かち》を思《おも》い返《かえ》した証《あかし》だ。

しかし明日菜《あすな》は、そんな莉麻《りま》のお腹《なか》を蹴《け》りつけた。息《いき》が止《と》まるくらいの痛《いた》みにお腹《なか》を抱《かか》えて倒《たお》れ込《こ》む莉麻《りま》を尻目《しりめ》に、明日菜《あすな》は莉麻《りま》の作文《さくぶん》を細《こま》かくビリビリに破《やぶ》り捨《す》てた。

そうして、自分《じぶん》のバッグから作文用紙《さくぶんようし》を取《と》り出《だ》した。

「あんたの出来《でき》の悪《わる》い作文《さくぶん》なんて、選《えら》ばれっこないんだから。あたしが優秀《ゆうしゅう》な作文《さくぶん》を用意《ようい》してあげたわよ」

その作文用紙《さくぶんようし》には、すでに莉麻《りま》の名前《なまえ》が書《か》き込《こ》まれている。

「これ、去年《きょねん》のコンクールで優秀賞《ゆうしゅうしょう》取《と》った作文《さくぶん》、写《うつ》してきてあげたから。大丈夫《だいじょうぶ》、ちゃんとあんたの字《じ》、真似《まね》て書《か》いたから、あんたの作文《さくぶん》って信《しん》じてもらえるわよ」

「え……」

優秀賞《ゆうしゅうしょう》の作文《さくぶん》って……それは、盗作《とうさく》になるんじゃないの？

あたしが盗作《とうさく》の犯人《はんにん》になるの？

そんなことしたら、どうなるの？　盗作《とうさく》なんて、すぐばれる。そうしたら、きっと怒《おこ》られて、もう誰《だれ》も信用《しんよう》してくれなくなって、犯罪者《はんざいしゃ》みたいに扱《あつか》われて……莉麻《りま》の顔《かお》がみるみる蒼《あお》くなり、強張《こわば》っていく。その様子《ようす》に、明日菜《あすな》はますます楽《たの》しそうに、

「あはは、あんたの顔《かお》！　ホントおかしい！　あんたがいてくれて、ホントに良《よ》かった。星園《ほしぞの》に入《はい》って唯一収穫《ゆいいつしゅうかく》だと思《おも》うわ、あんたのその顔《かお》！」

莉麻《りま》の頬《ほお》を叩《たた》きながら、明日菜《あすな》が笑《わら》う。冷酷《れいこく》で、残忍《ざんにん》な目《め》で。この目《め》に逆《さか》らったら、

これ以上《いじょう》どんな目《め》に遭《あ》わされるか分《わ》からない。

すでに莉麻《りま》の中《なか》から感情《かんじょう》が失《うしな》われていた。何《なに》を言《い》っても、何《なに》をしても、無駄《むだ》なのだ。明日菜《あすな》の前《まえ》では、笑《わら》われること以外《いがい》で莉麻《りま》の価値《かち》も意味《いみ》もないのだ。どうしようもない。明日菜《あすな》の前《まえ》では、莉麻《りま》は人間《にんげん》として存在《そんざい》することが許《ゆる》されない。

楽《たの》しそうに笑《わら》い続《つづ》ける明日菜《あすな》の前《まえ》で、莉麻《りま》は空虚《くうきょ》にただひざまずくだけだった。

そんな二人《ふたり》を、静寂《せいじゃく》が包《つつ》み込《こ》む。クラスメート達《たち》は全員揃《ぜんいんそろ》っていたが、みんな一言《ひとこと》も発《はっ》しない。ただうつむいて、ジッと固《かた》まったように座《すわ》っているだけだ。

教室《きょうしつ》に響《ひび》くのは、ただ明日菜《あすな》の笑《わら》い声《ごえ》だけだった。


「石川《いしかわ》さん」

帰《かえ》りのホームルームが終《お》わり、生徒達《せいとたち》がガタガタと席《せき》を立《た》ち始《はじ》めた時《とき》、瀬山先生《せやませんせい》が莉麻《りま》に声《こえ》を掛《か》けた。立《た》ち上《あ》がりかけた莉麻《りま》の体《からだ》が、ビクリと固《かた》まる。

「ちょっと、職員室《しょくいんしつ》にいらっしゃい。課題《かだい》の作文《さくぶん》のことで、お話《はなし》があります」

瀬山先生《せやませんせい》の言葉《ことば》に、動《うご》いていたクラス中《じゅう》も固《かた》まった。ただ一人《ひとり》、明日菜《あすな》を除《のぞ》いて。

明日菜《あすな》は心《こころ》の底《そこ》から楽《たの》しそうに、今《いま》にも鼻歌《はなうた》でも歌《うた》いたげに目《め》をキラキラさせている。

莉麻《りま》は椅子《いす》から立《た》ち上《あ》がろうとするが、足《あし》がガクガクと震《ふる》えて、まっすぐ立《た》てない。

来《き》てしまった……ついに。

「……はい……」

やっとの思《おも》いで立《た》ち上《あ》がるが、足《あし》に力《ちから》が入《はい》らず、思《おも》わずよろめいた。

その様子《ようす》を見《み》て、明日菜《あすな》がケラケラと高笑《たかわら》いする。

「大丈夫《だいじょうぶ》ー？　ついていってあげようかー？」

実《じつ》に楽《たの》しそうに明日菜《あすな》が言《い》った。冗談《じょうだん》じゃない、絶対嫌《ぜったいいや》だ。莉麻《りま》が盗作《とうさく》について叱《しか》られ、罰《ばつ》を下《くだ》されるところなど、明日菜《あすな》にとってはこれ以上《いじょう》ない喜《よろこ》びだ。明日菜《あすな》の喜《よろこ》びは、莉麻《りま》の絶望《ぜつぼう》、不幸《ふこう》以外何物《いがいなにもの》でもない。絶対《ぜったい》、見《み》られたくない。

しかしその時《とき》、瀬山先生《せやませんせい》は思《おも》いもかけない言葉《ことば》を口《くち》にした。

「ええ。大久保《おおくぼ》さんもいらっしゃい」

「え」

明日菜《あすな》が目《め》を見開《みひら》く。そんな明日菜《あすな》を静《しず》かに見《み》つめて、瀬山先生《せやませんせい》は続《つづ》けた。

「大久保《おおくぼ》さんにも、お話《はなし》があります」

職員室《しょくいんしつ》の談話《だんわ》スペースに、莉麻《りま》と明日菜《あすな》は並《なら》んで座《すわ》った。その向《む》かいに、瀬山先生《せやませんせい》が座《すわ》る。その手《て》には、莉麻《りま》が書《か》いたことになっている盗作作文《とうさくさくぶん》があった。そしてその他《ほか》にもう一部《いちぶ》、重《かさ》ねて持《も》たれている。

「これ、朝提出《あさていしゅつ》してもらった課題作文《かだいさくぶん》です。石川《いしかわ》さんの……間違《まちが》いないですね？」

瀬山先生《せやませんせい》がテーブルの上《うえ》に盗作作文《とうさくさくぶん》を置《お》いた。

あたしが書《か》いたんじゃない。あたしは、盗作《とうさく》なんてしない。大声《おおごえ》で叫《さけ》び出《だ》したかった。しかし隣《となり》の明日菜《あすな》の視線《しせん》。鋭《するど》く研《と》ぎ澄《す》まされたピックのような、痛《いた》いほど冷《つめ》たい視線《しせん》を感《かん》じて、莉麻《りま》は何《なに》も言《い》えなかった。その視線《しせん》に促《うなが》されるように、小《ちい》さくうなずく。

「この作文《さくぶん》と全《まった》く同《おな》じ内容《ないよう》が、去年《きょねん》の入賞作品《にゅうしょうさくひん》にあったことは、知《し》っていますか？」

もう一度《いちど》、莉麻《りま》はうなずいた。隣《となり》の明日菜《あすな》が、笑《わら》っている。声《こえ》に出《だ》さないが、このうえなく面白《おもしろ》い出《だ》し物《もの》を見《み》ているかのように、心《こころ》の中《なか》で笑《わら》っているのが分《わ》かる。

そんな明日菜《あすな》の前《まえ》に、瀬山先生《せやませんせい》はもう一部《いちぶ》、作文《さくぶん》を置《お》いた。

〈私《わたし》について　　　一年一組《いちねんいちくみ》6番《ばん》　大久保明日菜《おおくぼあすな》〉

明日菜《あすな》が瀬山先生《せやませんせい》に目《め》をやる。

「……あたしの……？」

「ええ。これは大久保《おおくぼ》さんのですね。こちらは石川《いしかわ》さんの……いえ、石川《いしかわ》さんが書《か》いたことになっている、作文《さくぶん》です」

明日菜《あすな》が大《おお》きく息《いき》をのむ。瀬山先生《せやませんせい》は明日菜《あすな》の作文《さくぶん》と、〝莉麻《りま》が書《か》いたことになっている〟作文《さくぶん》を並《なら》べ置《お》いた。

「この作文《さくぶん》、石川《いしかわ》さんの名前《なまえ》になっていて、確《たし》かに字《じ》も似《に》ています。でもね、この『か』の字《じ》。『か』は誰《だれ》でもクセ字《じ》になりやすいのだけど、石川《いしかわ》さんの『か』はこういうクセではないですね」

瀬山先生《せやませんせい》が莉麻《りま》を見《み》る。その目《め》に、莉麻《りま》は何度《なんど》も、大《おお》きくうなずいた。それを見《み》て、瀬山先生《せやませんせい》は視線《しせん》を明日菜《あすな》に向《む》けた。

「この『か』のクセは、大久保《おおくぼ》さん。あなたのものです」

明日菜《あすな》は完全《かんぜん》に言葉《ことば》を失《うしな》った。小《ちい》さく何度《なんど》もかぶりを振《ふ》るが、言葉《ことば》が出《で》ない。そんな明日菜《あすな》に、瀬山先生《せやませんせい》は続《つづ》けた。

「『か』が一番顕著《いちばんけんちょ》だから例《れい》に出《だ》しました。でも他《ほか》にも、漢字《かんじ》とか、句読点《くとうてん》の打《う》ち方《かた》とかね。書《か》き文字《もじ》ってすごくクセが出《で》やすいのよ。そして教師《きょうし》というのは、生徒《せいと》のクセをすごくよく覚《おぼ》えているものなの。大久保《おおくぼ》さん、あなたが思《おも》っている以上《いじょう》にね」

明日菜《あすな》の顔《かお》が、みるみる蒼《あお》ざめていく。その逆《ぎゃく》に、莉麻《りま》の顔《かお》は血《ち》の気《け》が戻《もど》るのを通《とお》り越《こ》して、真《ま》っ赤《か》に紅潮《こうちょう》してきた。

「ごめんなさいね。なかなか分《わ》かってあげられなくて」

瀬山先生《せやませんせい》が申《もう》し訳《わけ》なさそうに、莉麻《りま》に微笑《ほほえ》んだ。

「あなたから相談受《そうだんう》けた後《あと》もずっと気《き》を配《くば》っていたの。そうしたら何度《なんど》かいじめの気《け》配《はい》は見《み》えたけど、はっきりとした証拠《しょうこ》が見《み》つけられなくて……下手《へた》に大人《おとな》が踏《ふ》み込《こ》んで、もっと石川《いしかわ》さんの立場《たちば》が悪《わる》くなることが一番怖《いちばんこわ》かったから。確《たし》かな証拠《しょうこ》が出《で》てくるまで、待《ま》っていたの。こういうふうに」

瀬山先生《せやませんせい》がテーブルに置《お》いた作文用紙《さくぶんようし》をトントンと叩《たた》いた。

明日菜《あすな》が用意《ようい》した、盗作作文《とうさくさくぶん》。これで、莉麻《りま》の学校《がっこう》での息《いき》の根《ね》は止《と》められてしまうと思《おも》っていた。

まさか、この作文《さくぶん》が莉麻《りま》を助《たす》けてくれるなんて、夢《ゆめ》にも思《おも》わなかった。

「ありがとう……ありがとうございます、先生《せんせい》……ありがとうございます……」

莉麻《りま》が両手《りょうて》で顔《かお》を覆《おお》う。その指《ゆび》の間《あいだ》から、後《あと》から後《あと》から涙《なみだ》があふれ出《で》てくる。

その時《とき》、

「失礼《しつれい》します」

ノックと共《とも》に声《こえ》が聞《き》こえ、返事《へんじ》を待《ま》たずに職員室《しょくいんしつ》のドアが開《あ》いた。

「あら」

声《こえ》の方《ほう》を振《ふ》り向《む》いた瀬山先生《せやませんせい》が驚《おどろ》きの声《こえ》を上《あ》げる。開《あ》いたドアから、佐子《さこ》を先頭《せんとう》に、一年一組《いちねんいちくみ》の生徒達《せいとたち》が、ゾロゾロと入《はい》ってきたのだ。職員室《しょくいんしつ》にいる教師達《きょうしたち》が驚《おどろ》いた顔《かお》で見《み》つめる中《なか》、みんな一様《いちよう》に眉根《まゆね》を寄《よ》せ、強張《こわば》った顔《かお》で歩《ある》いてくる。そして瀬山先生《せやませんせい》と莉麻《りま》、明日菜《あすな》のところまで来《く》ると、三人《さんにん》を囲《かこ》むように全員《ぜんいん》で並《なら》んだ。佐子《さこ》が、両脇《りょうわき》に立《た》つ水穂《みずほ》と汐里《しおり》と目《め》を合《あ》わせ、うなずき合《あ》う。まるで勇気《ゆうき》を出《だ》す儀式《ぎしき》をすませたように一息《ひといき》つき、佐子《さこ》は一瞬《いっしゅん》目《め》を閉《と》じた。そして開《ひら》いた目《め》には、緊張《きんちょう》と共《とも》に強《つよ》い力《ちから》がこもっていた。その力《ちから》に押《お》されたように、佐子《さこ》がはっきりと言《い》った。

「先生《せんせい》。その課題作文《かだいさくぶん》、石川《いしかわ》さんが書《か》いたんじゃありません。石川《いしかわ》さんが書《か》いたのを大久保《おおくぼ》さんが破《やぶ》いて、それを出《だ》してきたんです。大久保《おおくぼ》さんが、書《か》いたんです」

「ちょっ……あんた達《たち》……！」

明日菜《あすな》が慌《あわ》てたように立《た》ち上《あ》がり、佐子《さこ》をにらみつけた。殺気《さっき》すら覚《おぼ》えるような目《め》だったが、佐子《さこ》はひるまなかった。

「悪《わる》いけど、あたし達《たち》もう笑《わら》えない」

佐子《さこ》の言葉《ことば》に、一年一組《いちねんいちくみ》のクラスメート達《たち》は、大《おお》きくうなずいた。

「莉麻《りま》が天然《てんねん》で、ドジするの面白《おもしろ》くて笑《わら》ってたよ。明日菜《あすな》がいじるのも面白《おもしろ》いって思《おも》っちゃってた。でも、もうダメだよ。苦《くる》しいんだよ。もう、見《み》ていられないんだよ」

「莉麻《りま》のママが、授業参観《じゅぎょうさんかん》に来《き》てたよね。それ見《み》て、ダメだって思《おも》った。莉麻《りま》のママ、すっごく莉麻《りま》のこと大事《だいじ》にしてた。あたし達何《たちなに》してるんだろうって苦《くる》しくなって……。なんで嫌《いや》だって言《い》ってることをやって、面白《おもしろ》いなんて思《おも》っちゃったんだろうって。あたし達《たち》……最低《さいてい》だって」

「ごめんね、莉麻《りま》。苦《くる》しかったでしょ？　辛《つら》かったでしょ？　笑《わら》ったりして、本当《ほんとう》にごめんね」

クラスメート達《たち》の中《なか》から、すすり泣《な》く声《こえ》が聞《き》こえてきた。その声《こえ》が、どんどんと広《ひろ》がっていく。

「……みんな……」

莉麻《りま》が立《た》ち上《あ》がった。そんな莉麻《りま》に、目《め》に涙《なみだ》をいっぱい浮《う》かべた佐子《さこ》が手《て》を差《さ》し伸《の》べた。

「莉麻《りま》、ごめんね」

そう言《い》うと、ギュウッと莉麻《りま》の体《からだ》を抱《だ》きしめた。

「ごめんね……あたし達《たち》、今《いま》まで一緒《いっしょ》にいただけで、友達《ともだち》じゃなかった。本当《ほんとう》に、最《さい》低《てい》なクラスメートだった」

「佐子《さこ》ちゃん」

「改《あらた》めて、友達《ともだち》になってくれる？　こんなあたしだけど。変《か》わるから。もう莉麻《りま》のこと、笑《わら》ったりしないから」

「あたしも」

「あたしも」

水穂《みずほ》が、汐里《しおり》が、美菜《みな》が、花梨《かりん》が、一年一組《いちねんいちくみ》のクラスメート達《たち》が、莉麻《りま》の周《まわ》りにやってくる。みんな、泣《な》いている。ごめんね、ごめんねと謝《あやま》りながら。

泣《な》いてる。あたしのことを笑《わら》っていたみんなが、あたしのために泣《な》いてくれている。

あたしの心《こころ》の傷《きず》の痛《いた》みを一緒《いっしょ》に味《あじ》わって、苦《くる》しんで、泣《な》いてくれている。

大好《だいす》きだった、みんなが……。

莉麻《りま》も涙《なみだ》が止《と》まらない。しかし、今《いま》まで真《ま》っ暗闇《くらやみ》だった心《こころ》は、涙《なみだ》が流《なが》れるごとに光《ひかり》に満《み》ちてくる。キラキラと美《うつく》しく、優《やさ》しく、温《あたた》かい光《ひかり》……そう。

「あたし……帰《かえ》ってこれたんだね」

ずっと見失《みうしな》っていた。自分《じぶん》の居場所《いばしょ》。大好《だいす》きな、ここ。

「……星園《ほしぞの》に」

莉麻《りま》の言葉《ことば》に、佐子《さこ》の目《め》から涙《なみだ》があふれ出《だ》した。

「違《ちが》うよ。莉麻《りま》は、ずっといた。星園《ほしぞの》を見失《みうしな》っていたのは、あたし達《たち》が汚《けが》して、醜《みにく》い場所《ばしょ》にしてしまった。大好《だいす》きな、大好《だいす》きな星園《ほしぞの》なのに」

「そうだよ、あたし達《たち》が……」

「やめましょう、もう」

瀬山先生《せやませんせい》の優《やさ》しい声《こえ》が、自分達《じぶんたち》を責《せ》める生徒達《せいとたち》を止《と》めた。

「ずいぶん遠回《とおまわ》りしたみたいだけど、よく帰《かえ》ってきました」

そう言《い》って、瀬山先生《せやませんせい》は生徒達《せいとたち》を見渡《みわた》して、にっこり笑《わら》った。

「お帰《かえ》りなさい」

「先生《せんせい》……！」

みんなが涙《なみだ》にぬれている。でもその向《む》こうには、笑顔《えがお》が見《み》える。お互《たが》いが思《おも》いやり合《あ》う、温《あたた》かい笑顔《えがお》。星園生《ほしぞのせい》の、笑顔《えがお》。

夢《ゆめ》のようだ、と、みんなと一緒《いっしょ》に泣《な》き笑《わら》いしながら、莉麻《りま》は思《おも》った。こんなふうに、またみんなで笑《わら》い合《あ》えるなんて。笑《わら》われるんじゃない。あたしも楽《たの》しい気持《きも》ちで、みんなと一緒《いっしょ》に笑《わら》える……星園《ほしぞの》に入《はい》ったばかりの時《とき》のように。憧《あこが》れの場所《ばしょ》で、ずっと夢《ゆめ》見《み》ていた生活《せいかつ》がこれから始《はじ》まるという、全《すべ》てが美《うつく》しく輝《かがや》いていたあの時《とき》。

「さあ、ここじゃ他《ほか》の先生方《せんせいがた》にご迷惑《めいわく》だから、とりあえず教室《きょうしつ》に戻《もど》りましょうか」

瀬山先生《せやませんせい》の言葉《ことば》に、生徒達《せいとたち》がゾロゾロと動《うご》き出《だ》す。一緒《いっしょ》に歩《ある》き出《だ》した瀬山先生《せやませんせい》が、ふと足《あし》を止《と》めた。

「大久保《おおくぼ》さん？」

声《こえ》を掛《か》ける。しかしじっと椅子《いす》に座《すわ》ったままの明日菜《あすな》は、立《た》ち上《あ》がる気配《けはい》もない。

自分《じぶん》の足元《あしもと》に視線《しせん》を落《お》としたまま、真《ま》っ青《さお》な顔《かお》で固《かた》まっている。

「行《い》きましょう、大久保《おおくぼ》さん」

瀬山先生《せやませんせい》が優《やさ》しく声《こえ》を掛《か》ける。

「大久保《おおくぼ》さん」

「……どこに、ですか？」

低《ひく》くかすれた声《こえ》で言《い》うと、明日菜《あすな》は瀬山先生《せやませんせい》にゆっくりと顔《かお》を向《む》けた。蒼白《そうはく》な顔《かお》の中《なか》、目《め》だけが異常《いじょう》なほど充血《じゅうけつ》している。

「あたしに、どこに行《い》けって言《い》うんですか？」

「……大久保《おおくぼ》さん」

瀬山先生《せやませんせい》は微笑《ほほえ》むと、明日菜《あすな》の前《まえ》に座《すわ》り直《なお》した。

「少《すこ》し、話《はな》しましょうか」

「話《はな》すことなんて、ありません。どうせ、あたし独《ひと》りが悪者《わるもの》なんだから」

「やめましょう、そんな言《い》い方《かた》は。誰《だれ》も悪《わる》くなんてないですよ」

「なんでですか？　先生《せんせい》、知《し》ってたくせに！　あたしが莉麻《りま》をいじめてたって、盗作《とうさく》を莉麻《りま》になすりつけたのだって、先生《せんせい》が見破《みやぶ》ったくせに！　そんな優《やさ》しい言《い》い方《かた》してるけど、本当《ほんとう》はあたしなんて人《ひと》をいじめて喜《よろこ》んでるひどい人間《にんげん》だって思《おも》ってるんでしょう⁉　みんなが謝《あやま》ったのに謝《あやま》れない、最低《さいてい》な人間《にんげん》だって、思《おも》ってるんでしょう⁉」

明日菜《あすな》の声《こえ》が段々《だんだん》と大《おお》きくなってくる。興奮《こうふん》が高《たか》まってきたのか、体《からだ》もブルブルと震《ふる》えてきた。

「大久保《おおくぼ》さん」

落《お》ち着《つ》かせようと、瀬山先生《せやませんせい》が明日菜《あすな》の肩《かた》に手《て》を置《お》く。しかし明日菜《あすな》はその手《て》を振《ふ》り払《はら》って立《た》ち上《あ》がった。

「そう、最低《さいてい》な人間《にんげん》なの！　第一志望《だいいちしぼう》に落《お》ちるような、最低最悪《さいていさいあく》な人間《にんげん》！　滑《すべ》り止《ど》めにしか通《かよ》えないようなダメなあたしは、もう楽《たの》しいことや嬉《うれ》しいことなんて、しちゃいけなくなったのよ！　周《まわ》りでみんな笑《わら》ったり仲良《なかよ》くしたりしてるのに、それがどんなに辛《つら》いか、分《わ》かる!?　苦《くる》しくて、寂《さび》しくて、悲《かな》しくて悲《かな》しくてたまらなくて……」

明日菜《あすな》の息《いき》が荒《あら》い。肩《かた》で息《いき》をしても、胸《むね》に空気《くうき》が入《はい》らないようだ。真《ま》っ青《さお》な額《ひたい》に、汗《あせ》が浮《う》かんでいる。もっと空気《くうき》がほしい。何度《なんど》も何度《なんど》も、息《いき》を吸《す》う。

「あたし……どうしたらいいか……」

そこまでだった。明日菜《あすな》の体《からだ》がグラリと傾《かたむ》き、テーブルの上《うえ》に崩《くず》れ落《お》ちた。

「大久保《おおくぼ》さん！」

キャーッという悲鳴《ひめい》が上《あ》がり、他《ほか》の教師達《きょうしたち》も慌《あわ》てて駆《か》け寄《よ》ってくる。

「過呼吸《かこきゅう》じゃないですか？」

「誰《だれ》か、養護《ようご》の先生《せんせい》に連絡《れんらく》してきて！　保健室《ほけんしつ》に運《はこ》びましょう！」

はい、と佐子《さこ》が職員室《しょくいんしつ》から走《はし》り出《だ》す。その後《あと》を、明日菜《あすな》を背負《せお》った男性教諭《だんせいきょうゆ》が追《お》う。

その背中《せなか》を見《み》ながら、瀬山先生《せやませんせい》が自分《じぶん》のデスクに戻《もど》った。

「保護者《ほごしゃ》の方《かた》に、連絡《れんらく》を！」

背負《せお》われた明日菜《あすな》を追《お》って、クラスメート達《たち》も保健室《ほけんしつ》に駆《か》けつけた。

「後《あと》は、大丈夫《だいじょうぶ》だから。みんな、帰《かえ》っていいわよ」

養護教諭《ようごきょうゆ》が優《やさ》しく言《い》い、保健室《ほけんしつ》のドアは閉《し》められた。しかし、誰《だれ》もそこから立《た》ち去《さ》ろうとする者《もの》はいない。

「……大丈夫《だいじょうぶ》かな、明日菜《あすな》」

みんな心配《しんぱい》そうに眉《まゆ》をひそめる中《なか》、ポツリと水穂《みずほ》が言《い》った。

「養護《ようご》の先生《せんせい》がちゃんと処置《しょち》してくれるよ。大丈夫《だいじょうぶ》だよ」

「ううん……明日菜《あすな》の、心《こころ》」

水穂《みずほ》の沈《しず》んだ声《こえ》に、皆黙《みなだま》り込《こ》んだ。倒《たお》れるほど追《お》い詰《つ》められた明日菜《あすな》に、思《おも》いを馳《は》せる。

その中《なか》には、莉麻《りま》もいた。莉麻《りま》は、受験《じゅけん》の時《とき》の明日菜《あすな》を思《おも》い出《だ》していた。常《つね》にトップを保《たも》ち、自信《じしん》に満《み》ちあふれていた明日菜《あすな》。このまま一番目立《いちばんめだ》つ華々《はなばな》しい舞台《ぶたい》を、スポットライトを浴《あ》びながら歩《あゆ》んでいくのだと思《おも》っていた。きっと、明日菜本人《あすなほんにん》も。受験《じゅけん》に失敗《しっぱい》した人生《じんせい》を、辛《つら》いと言《い》っていた。苦《くる》しいと言《い》っていた。だからといって、莉麻《りま》にしてきたような仕打《しう》ちをしていいわけではない。

でも、明日菜《あすな》の苦《くる》しみ……どれほど深《ふか》く心《こころ》を傷《きず》つけられていたのだろうか。

その時《とき》、

「うちの子《こ》が悪《わる》いって言《い》うんですか!?」

職員室《しょくいんしつ》から、怒声《どせい》に近《ちか》い声《こえ》が聞《き》こえてきた。保健室前《ほけんしつまえ》にいたクラスメート達《たち》が、顔《かお》を見合《みあ》わせる。何事《なにごと》、と言《い》おうとした時《とき》、また声《こえ》が聞《き》こえた。今回《こんかい》は、明《あき》らかに怒鳴《どな》り声《ごえ》だった。

「明日菜《あすな》！　明日菜《あすな》、帰《かえ》るわよ！」

ドカン、と勢《いきお》いよく職員室《しょくいんしつ》のドアが開《あ》き、一人《ひとり》の女性《じょせい》が大股《おおまた》で出《で》てきた。明日菜《あすな》の母《はは》だ。さっきの明日菜《あすな》以上《いじょう》に、鬼《おに》の形相《ぎょうそう》をしている。

保健室前《ほけんしつまえ》に集《あつ》まっている一年一組《いちねんいちくみ》の生徒達《せいとたち》を見《み》ると、明日菜《あすな》の母《はは》はキッとにらみつけ、脅《おど》すように言《い》った。

「何《なん》なの、あなた達《たち》。どきなさい」

いきなり凄《すさ》まじい悪意《あくい》を突《つ》き付《つ》けられ、生徒達《せいとたち》が「え」とひるむ。そこへ、早足《はやあし》で瀬山先生《せやませんせい》が追《お》ってきた。

「その子達《こたち》、明日菜《あすな》さんのクラスメートです」

「だから、何《なに》？」

追《お》いついた瀬山先生《せやませんせい》に、明日菜《あすな》の母《はは》は目《め》をむいた。

「クラスメートなんて、単《たん》に同《おな》じクラスなだけでしょう？　こんな子達《こたち》、明日菜《あすな》が友達《ともだち》にするはずがないでしょう」

そう言《い》うと、明日菜《あすな》の母《はは》は一年一組《いちねんいちくみ》の生徒達《せいとたち》を見渡《みわた》した。明《あき》らかに、バカにし切《き》った表情《ひょうじょう》で。そしてクスリと嘲《あざけ》るような笑《え》みを浮《う》かべ、

「今先生《いませんせい》から、明日菜《あすな》が中心《ちゅうしん》になって嫌《いや》がらせするトラブルがあったって聞《き》いたけど、誰《だれ》が言《い》い出《だ》したの？」

皆《みな》がシンと黙《だま》る。莉麻《りま》は、恐怖《きょうふ》と緊張感《きんちょうかん》で体《からだ》が強張《こわば》るのを感《かん》じた。

同《おな》じなのだ。今《いま》の明日菜《あすな》の母《はは》の目《め》と、莉麻《りま》をいじめる時《とき》の明日菜《あすな》の目《め》と。

そんな一年一組《いちねんいちくみ》の生徒達《せいとたち》に、明日菜《あすな》の母《はは》は吐《は》き捨《す》てるように言《い》った。

「被害妄想《ひがいもうそう》も、いい加減《かげん》にしなさいよ。こんな噂広《うわさひろ》めて明日菜《あすな》の将来《しょうらい》に悪《わる》い影響《えいきょう》が及《およ》んだら、どうしてくれるの？　明日菜《あすな》はあんた達《たち》と違《ちが》うのよ。本当《ほんとう》ならあんた達《たち》みたいなレベルの低《ひく》い子達《こたち》と関《かか》わりを持《も》つような人間《にんげん》じゃないの。こんな学校《がっこう》で、ヘラヘラ下《くだ》らないことで騒《さわ》いだり遊《あそ》んだりするような子《こ》じゃないのよ。向上心《こうじょうしん》を持《も》って、もっともっと上《うえ》を目指《めざ》していく子《こ》なの」

明日菜《あすな》の母《はは》の話《はなし》を聞《き》き、明日菜《あすな》の苦《くる》しそうな顔《かお》が莉麻《りま》の脳裡《のうり》に浮《う》かんだ。

みんなと楽《たの》しんではいけない。笑《わら》ったり、仲良《なかよ》くしたりしてはいけない。

入学《にゅうがく》して少《すこ》し経《た》った時《とき》の明日菜《あすな》。みんなと一緒《いっしょ》に食《た》べるお弁当《べんとう》。一緒《いっしょ》に行《い》くトイレ。

いつも見《み》せていた、明日菜《あすな》の笑顔《えがお》。それなのに。

『それがどんなに辛《つら》いか、分《わ》かる!?　苦《くる》しくて、寂《さび》しくて、悲《かな》しく……』

「……ひどい……」

莉麻《りま》の口《くち》から、こぼれ落《お》ちた。明日菜《あすな》の母《はは》が聞《き》きとがめる。

「え？」

「明日菜《あすな》ちゃん、かわいそう」

明日菜《あすな》の母《はは》が目《め》をむく。それを察《さっ》した佐子《さこ》が「莉麻《りま》」と袖《そで》をつかむが、莉麻《りま》は続《つづ》けた。

「明日菜《あすな》ちゃん頭《あたま》いいから、あたしなんかとは違《ちが》うけど……でも、クラスのみんなと仲良《なかよ》く出来《でき》ないのって、すごく辛《つら》いです。一人《ひとり》だけって、すごくすごく、死《し》にそうなほど寂《さび》しいです」

あたしには、分《わ》かる。あたしも味《あじ》わったから。誰《だれ》とも話《はな》せない、笑《わら》えない。そんな孤独《こどく》が、身《み》が引《ひ》きちぎられそうなほど、辛《つら》いこと。

「やめてちょうだい、明日菜《あすな》とあんたなんかを一緒《いっしょ》にするの。こんな学校《がっこう》の生徒《せいと》と同《おな》じに考《かんが》えられるなんて、ぞっとする。虫唾《むしず》が走《はし》るわ」

そう言《い》うと、明日菜《あすな》の母《はは》は莉麻《りま》を、そして他《ほか》のクラスメート達《たち》を押《お》しのけると、保《ほ》健室《けんしつ》のドアを開《あ》けた。

「明日菜《あすな》、帰《かえ》りましょう」

中《なか》に入《はい》ろうとする明日菜《あすな》の母《はは》を、瀬山先生《せやませんせい》と養護教諭《ようごきょうゆ》が押《お》しとどめる。

「待《ま》ってください、お母《かあ》さん」

「お母《かあ》さん、お子《こ》さんは過呼吸《かこきゅう》を起《お》こしていたんです。もう少《すこ》しゆっくりお休《やす》みさせてあげて下《くだ》さい」

「なぜ？　だって明日菜《あすな》はいじめを働《はたら》くから、出《で》て行《い》ってほしいんではないのですか？　こちらこそ、こんな学校《がっこう》にいつまでも在籍《ざいせき》するの、願《ねが》い下《さ》げよ。冗談《じょうだん》じゃないわ、こんな出来損《できそこ》ないの生徒達《せいとたち》からいじめを受《う》けたなんて責《せ》められて、そのうえ今度《こんど》は庇《かば》われるなんて。うちの明日菜《あすな》を、これ以上汚《いじょうけが》さないで。明日菜《あすな》、帰《かえ》るわよ」

母《はは》の声《こえ》に、明日菜《あすな》がベッドから体《からだ》を起《お》こした。まだ真《ま》っ青《さお》な顔《かお》で、光《ひかり》の無《な》い目《め》で母《はは》をじっと見《み》つめている。しかし母《はは》の口《くち》からは、体調《たいちょう》を気遣《きづか》う言葉《ことば》も、いたわる言葉《ことば》も出《で》ない。ただ、冷《つめ》たく言《い》い放《はな》った。

「荷物《にもつ》を全部持《ぜんぶも》ってきなさい。もう、ここには来《こ》ないから」

「え」

「転校《てんこう》よ」

その場《ば》にいた全員《ぜんいん》が、明日菜《あすな》の母《はは》の言葉《ことば》に目《め》を見開《みひら》いた。

転校《てんこう》……？

しかし、明日菜《あすな》の母《はは》はそんなことは全《まった》く気《き》にならないようだ。むしろひどくいまいましげに続《つづ》けた。

「勉強《べんきょう》のレベルが低《ひく》いうえに、いじめだなんだって振《ふ》り回《まわ》されて。こんな環境《かんきょう》じゃまともな勉強《べんきょう》が出来《でき》ないわ。なんでこんな、うちに合《あ》わない学校《がっこう》にしか受《う》からなかったの。返《かえ》す返《がえ》すも、腹立《はらだ》たしい」

ごめんなさい。

いつもなら、うつむいた明日菜《あすな》から、その返事《へんじ》が返《かえ》ってくる。そして、謝《あやま》るなら最《さい》初《しょ》から第一《だいいち》志望《しぼう》に受《う》かれ、と、言《い》う。しかし今日《きょう》は、違《ちが》っていた。

明日菜《あすな》はまっすぐ母《はは》を見《み》つめている。そして、震《ふる》える声《こえ》で訊《き》いた。

「……あたし……どこへ行《い》くの……？」

「とりあえず、公立《こうりつ》に転入《てんにゅう》します。もちろん通《かよ》う必要《ひつよう》ないから。勉強《べんきょう》は塾《じゅく》で進《すす》めて、高校《こうこう》で難関校《なんかんこう》を受験《じゅけん》する。今度《こんど》こそ、合格《ごうかく》するのよ。もうこんなみっともない学校《がっこう》に通《かよ》うような真似《まね》はしないで」

明日菜《あすな》の母《はは》は、はっきりと言《い》い切《き》った。そして誰《だれ》の反論《はんろん》も許《ゆる》さない、というように、周《まわ》りをにらみつける。

「早《はや》く、帰《かえ》る準備《じゅんび》してきなさい」

母《はは》はもう一度《いちど》言《い》った。明日菜《あすな》がゆっくりとベッドから降《お》りる。母《はは》は戸口《とぐち》に立《た》つ体《からだ》を斜《なな》めにして、明日菜《あすな》が保健室《ほけんしつ》から出《で》る通《とお》り道《みち》を作《つく》った。

しかし、明日菜《あすな》は戸口《とぐち》の方《ほう》には行《い》かず、校庭《こうてい》に面《めん》しているドアの方《ほう》に足《あし》を向《む》けた。

「明日菜《あすな》」

「……やだ……」

思《おも》い掛《が》けない娘《むすめ》の行動《こうどう》にいぶかしむ母《はは》に、明日菜《あすな》は微《かす》かな声《こえ》で言《い》った。

「え？」

「やだ……転校《てんこう》は」

「何《なに》言《い》ってるの。こんな学校《がっこう》にいても、レベルの低《ひく》い生徒達《せいとたち》と軽薄《けいはく》な学校生活送《がっこうせいかつおく》るだけなのよ？　こんな、下《くだ》らない学校《がっこう》……」

「……こんな学校《がっこう》じゃ、ない！」

明日菜《あすな》が叫《さけ》んだ。母《はは》をにらみ返《かえ》す目《め》には、涙《なみだ》がいっぱいだった。

「もうこれ以上《いじょう》、星園《ほしぞの》の悪口言《わるくちい》わないで。あたしが悪《わる》いんでしょ？　難関校《なんかんこう》に受《う》かれなかったあたしが。頑張《がんば》れなくて、お母《かあ》さんに恥《はじ》をかかせて、惨《みじ》めな思《おも》いさせたあたしが悪《わる》いんでしょ？　お母《かあ》さんの望《のぞ》むような娘《むすめ》になれなかった、あたしが悪《わる》いんだよね？　それでも、こんな悪《わる》いあたしでも、星園《ほしぞの》のみんなは」

明日菜《あすな》の目《め》から、涙《なみだ》があふれ出《だ》す。

「……あたしが悪《わる》いなんて、言《い》わないいんだよ！」

明日菜《あすな》は言《い》いながら、校庭《こうてい》に面《めん》したドアを開《あ》けた。ひゅう、と外《そと》からの風《かぜ》が通《とお》り、明日菜《あすな》の母《はは》の顔《かお》に吹《ふ》き付《つ》ける。それでも母《はは》は、明日菜《あすな》から目《め》を離《はな》せなかった。

「明日菜《あすな》」

「あたし、悪《わる》いのに……こんなに、こんなに悪《わる》いのに……」

「……明日菜《あすな》ちゃん！」

思《おも》わず莉麻《りま》が明日菜《あすな》の名前《なまえ》を呼《よ》んだ。呼《よ》ばずにいられなかった。莉麻《りま》をいじめ続《つづ》けた明日菜《あすな》の心《こころ》の裏側《うらがわ》は、残酷《ざんこく》なまでに傷《きず》つき過《す》ぎていた。

莉麻《りま》の傷《きず》と同《おな》じ……息《いき》が止《と》まるくらい、痛《いた》い。痛《いた》い。痛《いた》い。

明日菜《あすな》が莉麻《りま》の方《ほう》を見《み》る。涙《なみだ》の流《なが》れる顔《かお》が、一層《いっそう》ゆがむ。

「……もう……やだあっ……！」

「明日菜《あすな》ちゃん！」

保健室《ほけんしつ》から校庭《こうてい》に明日菜《あすな》が駆《か》け出《だ》す。それを追《お》うように、莉麻《りま》も走《はし》り出《だ》す。他《ほか》の生《せい》徒達《とたち》も、二人《ふたり》の後《あと》について走《はし》っていく。

「明日菜《あすな》ちゃん！」

普段《ふだん》であれば、運動神経《うんどうしんけい》の良《よ》い明日菜《あすな》に、とてもではないが莉麻《りま》は追《お》いつかない。でも今《いま》は、明日菜《あすな》に追《お》いつきたかった。追《お》いついて、明日菜《あすな》を捕《つか》まえなければならなかった。明日菜《あすな》を捕《つか》まえて、話《はなし》がしたかった。必死《ひっし》に走《はし》り、ついに莉麻《りま》は明日菜《あすな》の肩《かた》をつかんだ。

「明日菜《あすな》ちゃん……！」

莉麻《りま》に肩《かた》をつかまれたまま、明日菜《あすな》はその場《ば》にしゃがみ込《こ》んだ。嗚咽《おえつ》で背中《せなか》が激《はげ》しく上下《じょうげ》し、何度《なんど》もしゃくり上《あ》げる。

「……明日菜《あすな》ちゃん……」

「……放《ほ》っといて……」

しゃがみ込《こ》んでうつむいた顔《かお》を両手《りょうて》で覆《おお》う。明日菜《あすな》は切《き》れ切《ぎ》れの息《いき》の中《なか》、なんとか言葉《ことば》を吐《は》き出《だ》した。

「あんたは……クラスに、帰《かえ》れたんだから……」

「あ……明日菜《あすな》ちゃんも、帰《かえ》ろうよ」

少《すこ》し微笑《ほほえ》みながら、莉麻《りま》が言《い》った。笑《わら》ってほしかった。明日菜《あすな》に。

しかし明日菜《あすな》は、莉麻《りま》の言葉《ことば》に弾《はじ》かれたように、顔《かお》を上《あ》げた。涙《なみだ》があふれ続《つづ》ける目《め》で莉麻《りま》をにらみつけ、

「やめてよ！」

怒鳴《どな》りつけた。いつもの莉麻《りま》なら怖気《おじけ》づいてしまっただろう。だが、今日《きょう》の明日菜《あすな》は怖《こわ》くない。いつもと違《ちが》う。いつもの、冷酷《れいこく》な殺気《さっき》が、今《いま》の明日菜《あすな》にはないのだ。今《いま》の明日菜《あすな》の目《め》に、涙《なみだ》と共《とも》にあふれているのは、ただ悲《かな》しみしかない。

「あたしは、あんた達《たち》とは違《ちが》う。星園《ほしぞの》は、あたしにとって刑務所《けいむしょ》なの。第一志望《だいいちしぼう》に落《お》

ちたという重罪《じゅうざい》を犯《おか》した犯罪者《はんざいしゃ》であるあたしが放《ほう》り込《こ》まれた、刑務所《けいむしょ》なのよ。あんた達《たち》がいる、楽園《らくえん》じゃないの」

絞《しぼ》り出《だ》される明日菜《あすな》の声《こえ》が、苦《くる》しそうに震《ふる》える。

「あたしは、あんた達《たち》みたいに星園《ほしぞの》で楽《たの》しむことは許《ゆる》されないの。星園《ほしぞの》にいることは屈辱《くつじょく》で、難関校《なんかんこう》に通《かよ》う子《こ》に劣《おと》らないように毎日勉強《まいにちべんきょう》しなきゃいけない。喜《よろこ》ぶ気持《きも》ちも、ワクワクする気持《きも》ちも、楽《たの》しい、幸《しあわ》せって思《おも》う気持《きも》ちも、全部《ぜんぶ》あきらめて、封印《ふういん》しなきゃいけないの。それが、あたしにとっての星園《ほしぞの》なのよ。星園《ほしぞの》は、刑務所《けいむしょ》なの。地獄《じごく》なの。あたしにとっては帰《かえ》るとこなんかじゃ、ないの」

明日菜《あすな》の涙《なみだ》が止《と》まらない。莉麻《りま》には、分《わ》かった。その涙《なみだ》の意味《いみ》。だって莉麻《りま》も、同《おな》じ涙《なみだ》を流《なが》してきたのだ。莉麻《りま》は明日菜《あすな》の前《まえ》にひざまずき、目《め》を覗《のぞ》き込《こ》んだ。

「……同《おな》じだよ」

「え」

「あたしにとっても、星園《ほしぞの》は地獄《じごく》だった。もうずっと、居場所《いばしょ》がなかったから」

莉麻《りま》の言葉《ことば》に、明日菜《あすな》は息《いき》をのんだ。体《からだ》が強張《こわば》るのが分《わ》かる。そんな明日菜《あすな》に、莉《り》麻《ま》が微笑《ほほえ》む。

震《ふる》える手《て》で、明日菜《あすな》は莉麻《りま》の頬《ほお》に触《ふ》れた。ひどいことをしたのに。散々《さんざん》いじめぬいて、追《お》い詰《つ》めて、苦《くる》しめたのに。それなのに。

「……恨《うら》まないの……あたしを……？」

明日菜《あすな》の言葉《ことば》に、莉麻《りま》が小《ちい》さくかぶりを振《ふ》る。

「恨《うら》んでるよ。恨《うら》まないわけ、ないじゃない。でも……ううん、だから」

莉麻《りま》はまた明日菜《あすな》に笑《え》みを見《み》せた。

「明日菜《あすな》ちゃんと、帰《かえ》る。星園《ほしぞの》に……みんなが待《ま》ってるとこに。一緒《いっしょ》に」

「……莉麻《りま》……」

許《ゆる》す、と言《い》ってくれるのか。あんなにひどいことをしたあたしを。

許《ゆる》して……あたしを、戻《もど》してくれるのか。

あの、楽園《らくえん》に。星園《ほしぞの》に。

明日菜《あすな》が唇《くちびる》をかみしめる。そして大《おお》きく、何度《なんど》も息《いき》をした。ギュッときつく閉《と》じた目《め》から幾粒《いくつぶ》もこぼれ出《だ》す涙《なみだ》と共《とも》に、「ごめん」と絞《しぼ》り出《だ》した。

「ごめん……ごめんね。あたし……」

「明日菜《あすな》ちゃん」

「あたし……うらやましかったの。入学《にゅうがく》して少《すこ》しした時《とき》、莉麻《りま》がクラスの仲間《なかま》にあたしを入《い》れてくれて……すごく楽《たの》しくて、毎日《まいにち》すごくキラキラして……あたし、すぐにここが好《す》きになったんだ、本当《ほんとう》は。星園《ほしぞの》が、大好《だいす》きになった。でもそれが許《ゆる》されなかったから……大《おお》きな声《こえ》で星園《ほしぞの》が大好《だいす》きって言《い》える莉麻《りま》が、うらやましかったんだ。すごく苦《くる》しかった。だから……ごめんね。本当《ほんとう》に、ごめん。あたし、莉麻《りま》をいじめることで笑《わら》うことなら許《ゆる》されるって、そんな気《き》になってた。莉麻《りま》はいつもニコニコしてて、いじっても怒《おこ》ったりしなくて一緒《いっしょ》に笑《わら》ったりしてたから……あたし、そうしないと、我慢出来《がまんでき》なかった」

明日菜《あすな》は莉麻《りま》の目《め》を見《み》つめて言《い》った。

「莉麻《りま》をいじめて笑《わら》って……それで、キラキラした楽《たの》しい生活《せいかつ》を、やっと忘《わす》れられてたんだ」

莉麻《りま》も明日菜《あすな》の目《め》を見《み》つめる。沢山《たくさん》傷《きず》ついて、もう痛《いた》みに耐《た》えられなくなったような弱《よわ》い弱《よわ》い目《め》。莉麻《りま》は、以前《いぜん》瀬山先生《せやませんせい》に言《い》われた言葉《ことば》を思《おも》い出《だ》した。

やっぱり……あたしは知《し》らず知《し》らず、明日菜《あすな》を傷《きず》つけていたんだ。明日菜《あすな》のためと思《おも》いながら、無神経《むしんけい》に星園《ほしぞの》の楽《たの》しさに引《ひ》っ張《ぱ》り込《こ》み、笑《わら》わせようとした。明日菜《あすな》の事情《じょう》も、心《こころ》の中《なか》も、全然知《ぜんぜんし》らないで……。

どれだけ辛《つら》かっただろう。どれだけ、苦《くる》しかっただろう。

「……ごめんね……あたしこそ」

言葉《ことば》と一緒《いっしょ》に、莉麻《りま》の目《め》からも涙《なみだ》がこぼれ落《お》ちる。それを見《み》て、明日菜《あすな》が首《くび》を横《よこ》に振《ふ》る。

「違《ちが》う。莉麻《りま》は、悪《わる》くないよ。あたしが最低《さいてい》だったんだ」

「でも、あたしが……」

「オッケー、続《つづ》きは、教室《きょうしつ》でやろうよ」

ずっと見《み》ていたクラスメート達《たち》の中《なか》から、佐子《さこ》が手《て》を叩《たた》いて前《まえ》に出《で》てきた。その時《とき》初《はじ》めてみんなが来《き》ていたことに気付《きづ》き、明日菜《あすな》はまた顔《かお》をゆがめた。

「みんな……あたし、みんなにも……」

「もう、謝《あやま》るのはやめようよ」

佐子《さこ》が笑《わら》って言《い》った。周《まわ》りのみんなも、笑《わら》っている。

「それより、帰《かえ》ろう」

「一年一組《いちねんいちくみ》の、教室《きょうしつ》に帰《かえ》ろうよ」

「みんなで」

佐子《さこ》が、水穂《みずほ》が、汐里《しおり》が、美菜《みな》が、花梨《かりん》が、他《ほか》のクラスメート達《たち》が、そして莉麻《りま》が、明日菜《あすな》の腕《うで》を、肩《かた》を引《ひ》っ張《ぱ》る。

温《あたた》かい手《て》。その温《あたた》かさが、氷《こおり》のように冷《つめ》たかった明日菜《あすな》の手《て》に、体《からだ》に、温《ぬく》もりを戻《もど》していく。

「……あたしも……？」

明日菜《あすな》が訊《き》いた。

「あたしも……戻《もど》っていいの……？」

「なんで？　だって、明日菜《あすな》の教室《きょうしつ》じゃない」

莉麻《りま》が笑《わら》った。みんなも笑《わら》っている。

「ありがとう……」

明日菜《あすな》も笑《わら》う。でも涙《なみだ》が止《と》まらない顔《かお》は、ただゆがむだけだ。そんな自分《じぶん》がますますおかしくて、明日菜《あすな》は泣《な》きながら笑《わら》う。

「ありがとう……」


「みんな、教室《きょうしつ》に戻《もど》るようですね」

一年一組《いちねんいちくみ》の生徒達《せいとたち》が昇降口《しょうこうぐち》の方《ほう》に向《む》かうのを見《み》ながら、瀬山先生《せやませんせい》が言《い》った。

隣《となり》には、明日菜《あすな》の母《はは》が立《た》っている。

生徒達《せいとたち》から少《すこ》し離《はな》れたところで、二人《ふたり》で見《み》ていたのだ。明日菜《あすな》の母《はは》は何《なに》も言《い》わず、ただずっと見《み》つめていた。自分《じぶん》の娘《むすめ》の心《こころ》の真実《しんじつ》を。そして、流《なが》れて止《と》まらない涙《なみだ》を。

「大久保《おおくぼ》さん。転校《てんこう》は、思《おも》いとどまれませんか?」

生徒《せいと》の方《ほう》を見《み》つめながら、瀬山先生《せやませんせい》は静《しず》かに言《い》った。

「明日菜《あすな》さんの好《す》きな学校《がっこう》に、通《かよ》わせてあげられませんか」

明日菜《あすな》の母《はは》は、何《なに》も言《い》わず見《み》つめ続《つづ》けている。生徒達《せいとたち》に囲《かこ》まれて、泣《な》きながら笑《わら》う娘《むすめ》の姿《すがた》を。

最難関校《さいなんかんこう》に通《かよ》い、エリートの道《みち》を邁進《まいしん》するはずだった、最高《さいこう》の自慢《じまん》になるはずだった、娘《むすめ》。それが幸《しあわ》せだと思《おも》っていた。

でもそこに、この笑顔《えがお》はあったのだろうか？

母《はは》の目《め》からも、涙《なみだ》がこぼれ落《お》ちた。

「先生《せんせい》……私《わたし》、今《いま》まで娘《むすめ》の幸《しあわ》せなんて、考《かんが》えたことがなかったかもしれません」

瀬山先生《せやませんせい》は黙《だま》って聞《き》いている。母《はは》の言葉《ことば》に、拒絶《きょぜつ》も、否定《ひてい》もせずに。それに安心《あんしん》したように小《ちい》さくため息《いき》をつき、母《はは》は踵《きびす》を返《かえ》した。

「……帰《かえ》ります」

「大久保《おおくぼ》さん」

「六年間《ろくねんかん》、娘《むすめ》をよろしくお願《ねが》いします」

エピローグ

一年一組《いちねんいちくみ》のベランダは、生徒全員《せいとぜんいん》が出《で》てギュウギュウ詰《づ》めになっている。

「きゃ〜、押《お》さないでよ〜」

「こっちこっち、空《あ》いてるよ！」

キャアキャアと騒《さわ》ぐクラスメート達《たち》を、指揮者《しきしゃ》の佐子《さこ》が鎮《しず》めにかかる。

「ほらほら、練習《れんしゅう》するよ！　今日《きょう》が本番《ほんばん》なんだから、ちゃんとやろう！」

今日《きょう》は、来年《らいねん》の受験生《じゅけんせい》に向《む》けての学校説明会《がっこうせつめいかい》だ。

今《いま》ここにいるほとんどの生徒《せいと》が、去年《きょねん》の今日参加《きょうさんか》したイベント。

星園《ほしぞの》の清潔《せいけつ》できれいな校舎《こうしゃ》、優《やさ》しく親切《しんせつ》な生徒達《せいとたち》、そして美《うつく》しく全員《ぜんいん》が魅了《みりょう》された合唱《がっしょう》……今《いま》、去年夢見《きょねんゆめみ》ていた未来《みらい》に立《た》っている。そして受験生達《じゅけんせいたち》の新《あたら》しい夢《ゆめ》を、紡《つむ》ぎ出《だ》すのだ。


「ああ、いいお天気《てんき》！」

「さあ、去年以上《きょねんいじょう》の合唱《がっしょう》にするよ！」

「オッケー！」

気合《きあい》を入《い》れる佐子《さこ》に、莉麻《りま》が答《こた》えガッツポーズをする。その姿《すがた》に、みんなが笑《わら》う。

「また、莉麻《りま》ったら〜」

「気合入《きあいはい》りすぎ〜！」

「気合上等《きあいじょうとう》！　みんなで息合《いきあ》わせていこう！」

笑顔《えがお》でそう言《い》うと、明日菜《あすな》がジャーンと電子《でんし》ピアノを弾《ひ》く。莉麻《りま》と目《め》を合《あ》わせ、にっこりと笑《わら》い合《あ》う。

「さあ、始《はじ》めるよ！」

三《さん》、四《よん》、と佐子《さこ》がタクトを振《ふ》り出《だ》す。

一人一人《ひとりひとり》の歌声《うたごえ》が一《ひと》つの美《うつく》しい合唱《がっしょう》を織《お》りなし、青《あお》い空《そら》へと響《ひび》いていく。

沢山《たくさん》の夢《ゆめ》と希望《きぼう》を乗《の》せて、高《たか》く、高《たか》く……。

おわり

★小学館ジュニア文庫★ ワクワク、ドキドキがいっぱいのラインナップ

〈大好き！　大人気まんが原作シリーズ〉

ある日　犬の国から手紙が来て
いじめ―いつわりの楽園―
いじめ―学校という名の戦場―
いじめ―引き裂かれた友情―
いじめ―過去へのエール―
いじめ―うつろな絆―
いじめ―友だちという鎖―
いじめ―行き止まりの季節―
いじめ―闇からの歌声―
いじめ―勇気の翼―
エリートジャック!!　めざせ、ミラクル大逆転!!
エリートジャック!!　ミラクルガールは止まらない!!
エリートジャック!!　相川ユリアに学ぶ 毎日が絶対ハッピーになる100の名言
エリートジャック!!　ミラクルチャンスをつかまえろ!!
エリートジャック!!　発令！ ミラクルプロジェクト！
オオカミ少年♥こひつじ少女　わくわく♪どうぶつワンだーらんど！
オオカミ少年♥こひつじ少女　お散歩は冒険のはじまり

おはなし　猫ピッチャー　ミー太郎、ニューヨークへ行く！の巻
おはなし　猫ピッチャー　空飛ぶマグロと時間をうばわれた子どもたちの巻
終わる世界でキミに恋する　～星空の贈りもの～
キミは宙のすべて―たったひとつの星―
キミは宙のすべて―ヒロインは眠れない―
キミは宙のすべて―君のためにできること―
キミは宙のすべて―宙いっぱいの愛をこめて―
小林が可愛すぎてツライっ!!　放課後が過激すぎてヤバイっ!!
小林が可愛すぎてツライっ!!　好きが加速しすぎてヤバいっ!!

思春期♡革命　～カラダとココロのハジメテ～
12歳。～だけど、すきだから～
12歳。～てんこうせい～
12歳。～きみのとなり～
12歳。～そして、みらい～
12歳。～おとなでも、こどもでも～
12歳。～いまのきもち～
12歳。～まもりたい～
12歳。～すきなひとがいます～
12歳。　アニメノベライズ ～ちっちゃなムネのトキメキ～ 全8巻

小説 そらペン 謎のガルダ帝国大冒険

ショコラの魔法～ダックワーズショコラ 記憶の迷路～

ショコラの魔法～クラシックショコラ 失われた物語～

ショコラの魔法～イスパハン 薔薇の恋～

ショコラの魔法～ショコラスコーン 氷呪の学園～

ショコラの魔法～ジンジャーマカロン 真昼の夢～

ちび☆デビ！～天界からの使者とチョコル島の謎×2！～

ちび☆デビ！～まおちゃんと夢と魔法とウサギの国～

ちび☆デビ！～スーパーまおちゃんとひみつの赤い実～

ちび☆デビ！～まおちゃんとちびザウルスと氷の王国～

ドラえもんの夢をかなえる読書ノート
ドラえもん 5分でドラ語り ことわざひみつ話
ドラえもん 5分でドラ語り 四字熟語ひみつ話
ドラえもん 5分でドラ語り 故事成語ひみつ話

ドーリィ♪カノン～ヒミツのライブ大作戦～
ドラマ ドーリィ♪カノン カノン誕生
ドラマ ドーリィ♪カノン 未来は僕らの手の中
ないしょのつぼみ～さよならのプレゼント～
ないしょのつぼみ～あたしのカラダ・あいつのココロ～
ナゾトキ姫と嘆きのしずく
ナゾトキ姫と魔本の迷宮
ナゾトキ姫とアイドル怪人Xからの挑戦状

人間回収車～地獄からの使者～

人間回収車～絶望の果て先～

ハチミツにはつこい ファースト・ラブ
ハチミツにはつこい アイ・ラブ・ユー
ヒミツの王子様★ 恋するアイドル！

ふなっしーの大冒険 きょうだい集結！ 梨汁ブシャーッに気をつけろ!!

真代家こんぷれっくす！～Mother's dayこんぷれっくすは、ケーキをめぐる～

真代家こんぷれっくす！～Memorial days きえない花火ときえないキズナ～

真代家こんぷれっくす！～Sentimental days ココロをつなぐメロディ～

真代家こんぷれっくす！～Holy days 賢者たちの贈り物～

真代家こんぷれっくす！～Mysterious days 光の指輪物語～


次はどれにする？ おもしろくて楽しい新刊が、続々登場!!

Shogakukan Junior Bunko

★小学館ジュニア文庫★

いじめ —希望の歌を歌おう—

2018年4月2日　初版第1刷発行

著者／武内昌美
原案・イラスト／五十嵐かおる

発行人／細川祐司
編集人／筒井清一
編集／稲垣奈穂子

発行所／株式会社　小学館
〒101-8001　東京都千代田区一ツ橋2－3－1
電話　編集　03-3230-5611
販売　03-5281-3555

印刷・製本／加藤製版印刷株式会社

Printed in Japan　ISBN 978-4-09-231227-2